Contraste insuffisant

NF Z 43-120-14

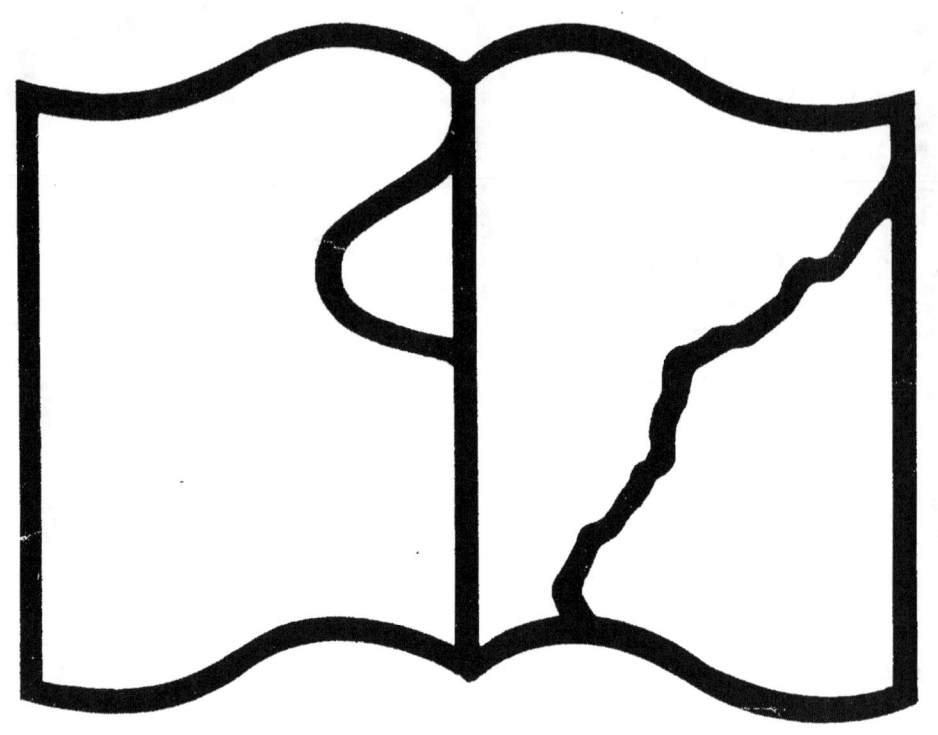

Texte détérioré — reliure défectueuse

NF Z 43-120-11

AVENTURES

DU BARON

DE

MÜNCHHAUSEN

TRADUCTION NOUVELLE

PAR

THÉOPHILE GAUTIER FILS

ILLUSTRÉES PAR

GUSTAVE DORÉ

NOUVELLE ÉDITION

PARIS

LIBRAIRIE FURNE

JOUVET ET Cᵉ, ÉDITEURS

5, RUE PALATINE, 5

LE BARON DE MÜNCHHAUSEN

AVENTURES

DU BARON

DE

MÜNCHHAUSEN

TRADUCTION NOUVELLE

PAR

THÉOPHILE GAUTIER FILS

ILLUSTRÉES PAR

GUSTAVE DORÉ

NOUVELLE ÉDITION

PARIS

LIBRAIRIE FURNE

JOUVET ET Cⁱᵉ, ÉDITEURS

5, RUE PALATINE, 5

PRÉFACE

Les *Aventures du baron de Münchhausen* jouissent en Allemagne
d'une célébrité populaire qu'elles ne sauraient manquer, nous l'espé-
rons du moins, d'acquérir bientôt en France malgré leur forte saveur
germanique, et peut-être à cause même de cela : le génie des peuples
se révèle surtout dans la plaisanterie. Comme les œuvres sérieuses
chez toutes les nations ont pour but la recherche du beau qui est un
de sa nature, elles se ressemblent nécessairement davantage, et portent moins nettement imprimé le cachet de l'individualité ethnogra-
phique. Le comique, au contraire, consistant dans une déviation plus
ou moins accentuée du modèle idéal, offre une multiplicité singulière
de ressources : car il y a mille façons de ne pas se conformer à l'arché-
type. La gaieté française n'a aucun rapport avec l'humour britan-
nique ; le *witz* allemand diffère de la bouffonnerie italienne, et le
caractère de chaque nationalité s'y montre dans son libre épanche-
ment. Le baron de Münchhausen, en dépit de ses hâbleries incroya-
bles, n'a nul lien de parenté avec le baron de Crac, autre illustre

menteur. La *blague* française, qu'on nous pardonne d'employer ce mot, lance sa fusée, pétille et mousse comme du vin de Champagne, mais bientôt elle s'éteint, laissant à peine au fond de la coupe deux ou trois perles de liqueur. Cela serait trop léger pour des gosiers allemands habitués aux fortes bières et aux âpres vins du Rhin : il leur faut quelque chose de plus substantiel, de plus épais, de plus capiteux. La plaisanterie, pour faire impression sur ces cerveaux pleins d'abstractions, de rêves et de fumée, a besoin de se faire un peu lourde ; il faut qu'elle insiste, qu'elle revienne à la charge, et ne se contente pas de demi-mots qui ne seraient pas compris. Le point de départ de la plaisanterie allemande est cherché, peu naturel, d'une bizarrerie compliquée, et demande beaucoup d'explications préalables assez laborieuses ; mais la chose une fois posée, vous entrez dans un monde étrange, grimaçant, fantasque, d'une originalité chimérique dont vous n'aviez aucune idée. C'est la logique de l'absurde poursuivie avec une outrance qui ne recule devant rien. Des détails d'une vérité étonnante, des raisons de l'ingéniosité la plus subtile, des attestations scientifiques d'un sérieux parfait servent à rendre probable l'impossible. Sans doute, on n'arrive pas à croire les récits du baron de Münchhausen, mais à peine a-t-on entendu deux ou trois de ses aventures de terre ou de mer, qu'on se laisse aller à la candeur honnête et minutieuse de ce style, qui ne serait pas autre, s'il avait à raconter une histoire vraie. Les inventions les plus monstrueusement extravagantes prennent un certain air de vraisemblance, déduites avec cette tranquillité naïve et cet aplomb parfait. La connexion intime de ces mensonges qui s'enchaînent si naturellement les uns aux autres finit par détruire chez le lecteur le sentiment de la réalité, et l'harmonie du faux y est

poussée si loin qu'elle produit une illusion relative semblable à celle
que font éprouver les voyages de Gulliver à *Lilliput* et à *Brobdignag*,
ou bien encore l'*Histoire véritable* de Lucien, type antique de ces récits
fabuleux tant de fois imités depuis. Ici, le crayon de Gustave Doré
augmente encore le prestige; personne mieux que cet artiste, qui
semble avoir cet œil visionnaire dont parle Victor Hugo dans sa pièce
à Albert Dürer, ne sait faire vivre d'une vie mystérieuse et profonde
les chimères, les rêves, les cauchemars, les formes insaisissables
noyées de lumière et d'ombre, les silhouettes drolatiquement caricatu-
rales, et tous les monstres de la fantaisie; il a commenté les aventures
du baron de Münchhausen de dessins qui semblent les planches d'un
voyage de circumnavigation par leur fidélité caractéristique et leur
exotique bizarrerie. On dirait que, peintre de l'expédition, il a croqué
d'après nature tout ce que décrit le facétieux baron allemand, et le
texte en acquiert une valeur de bouffonnerie froide plus germanique
encore.

THÉOPHILE GAUTIER.

CHAPITRE PREMIER

VOYAGE EN RUSSIE ET A SAINT-PÉTERSBOURG

J'entrepris mon voyage en Russie au milieu de l'hiver,
ayant fait ce raisonnement judicieux que, par le froid
et la neige, les routes du nord de l'Allemagne, de la
Pologne, de la Courlande et de la Livonie, qui, selon les
descriptions des voyageurs, sont plus impraticables
encore que le chemin du temple de la vertu, s'améliorent
sans qu'il en coûte rien à la sollicitude des gouverne-

ments. Je voyageais à cheval, ce qui est assurément le plus agréable mode de transport, pourvu toutefois que le cavalier et la bête soient bons : de cette façon, on n'est pas exposé à avoir d'affaires d'honneur avec quelque honnête maître de poste allemand, ni forcé de séjourner devant chaque cabaret, à la merci d'un postillon altéré. J'étais légèrement vêtu, ce dont je me trouvai assez mal, à mesure que j'avançais vers le nord-est.

Représentez-vous maintenant, par ce temps âpre, sous ce rude climat, un pauvre vieillard gisant sur le bord désolé d'une route de Pologne, exposé à un vent glacial, ayant à peine de quoi couvrir sa nudité.

L'aspect de ce pauvre homme me navra l'âme : et,

Je levai la tête et aperçus mon cheval attaché à la pointe du clocher.

quoiqu'il fît un froid à me geler le cœur dans la poitrine, je lui jetai mon manteau. Au même instant, une voix retentit dans le ciel, et, me louant de ma miséricorde, me cria : « Le diable m'emporte, mon fils, si cette bonne action reste sans récompense. »

Je continuai mon voyage, jusqu'à ce que la nuit et les ténèbres me surprissent. Aucun signe, aucun bruit, qui m'indiquât la présence d'un village : le pays tout entier était enseveli sous la neige, et je ne savais pas la route.

Harassé, n'en pouvant plus, je me décidai à descendre de cheval; j'attachai ma bête à une sorte de pointe d'arbre qui surgissait de la neige. Je plaçai, par prudence, un de mes pistolets sous mon bras, et je m'étendis sur la neige. Je fis un si bon somme, que, lorsque je rouvris les yeux, il faisait grand jour. Quel fut mon étonnement lorsque je m'aperçus que je me trouvais au milieu d'un village, dans le cimetière! Au premier moment, je ne vis point mon cheval, quand, après quelques instants, j'entendis hennir au-dessus de moi. Je levai la tête, et je pus me convaincre que ma bête était suspendue au coq du clocher. Je me rendis immédiatement compte de ce singulier événement : j'avais trouvé le village entièrement recouvert par la neige; pendant la nuit, le temps s'était subitement adouci, et, tandis que je dormais, la neige, en fondant, m'avait descendu tout doucement jusque sur le sol; ce que, dans l'obscurité, j'avais pris pour une pointe d'arbre, n'était autre chose que le coq du clocher. Sans m'embarrasser davantage, je pris un de mes pistolets, je visai la bride, je rentrai heureusement par ce moyen en possession de mon cheval, et poursuivis mon voyage.

Tout alla bien jusqu'à mon arrivée en Russie, où l'on n'a pas l'habitude d'aller à cheval en hiver. Comme mon principe est de me conformer toujours aux usages des pays où je me trouve, je pris un petit traîneau à un seul cheval, et me dirigeai gaiement vers Saint-Pétersbourg.

Je ne sais plus au juste si c'était en Esthonie ou en Ingrie, mais je me souviens encore parfaitement que c'était au milieu d'une effroyable forêt, que je me vis poursuivi par un énorme loup, rendu plus rapide encore par l'aiguillon de la faim. Il m'eut bientôt rejoint ; il n'était plus possible de lui échapper : je m'étendis machinalement au fond du traîneau, et laissai mon cheval se tirer d'affaire et agir au mieux de mes intérêts. Il arriva ce que je présumais, mais que je n'osais espérer. Le loup, sans s'inquiéter de mon faible individu, sauta par-dessus moi, tomba furieux sur le cheval, déchira et dévora d'un seul coup tout l'arrière-train de la pauvre bête, qui, poussée par la terreur et la douleur, n'en courut que plus vite encore. J'étais sauvé ! Je relevai furtivement la tête, et je vis que le loup

s'était fait jour à travers le cheval à mesure qu'il le
mangeait : l'occasion était trop belle pour la laisser
échapper ; je ne fis ni une ni deux, je saisis mon fouet,
et je me mis à cingler le loup de toutes mes forces : ce
dessert inattendu ne lui causa pas une médiocre frayeur ;

il s'élança en avant de toute sa vitesse, le cadavre de
mon cheval tomba à terre et — voyez la chose étrange !
— mon loup se trouva engagé à sa place dans le har-
nais. De mon côté, je n'en fouettai que de plus belle,
de sorte que, courant de ce train-là, nous ne tardâmes
pas à atteindre sains et saufs Saint-Pétersbourg, contre
notre attente respective, et au grand étonnement des
passants.

Je ne veux pas, messieurs, vous ennuyer de bavar-

dages sur les coutumes, les arts, les sciences et autres
particularités de la brillante capitale de la Russie : encore
moins vous entretiendrai-je des intrigues et des joyeuses
aventures qu'on rencontre dans la société élégante, où
les dames offrent aux étrangers une si large hospitalité.
Je préfère arrêter votre attention sur des objets plus
grands et plus nobles, sur les chevaux et les chiens,
par exemple, que j'ai toujours eus en grande estime ;
puis sur les renards, les loups et les ours, dont la Russie, si riche déjà en toute espèce de gibier, abonde plus
qu'aucun autre pays de la terre ; vous parler, enfin, de
ces parties de plaisir, de ces exercices chevaleresques,
de ces actions d'éclat qui habillent mieux un gentil-
homme qu'un méchant bout de latin et de grec, ou que
ces sachets d'odeur, ces grimaces et ces cabrioles des
beaux esprits français.

Comme il se passa quelque temps avant que je pusse
entrer au service, j'eus, pendant une couple de mois,
le loisir et la liberté complète de dépenser mon temps
et mon argent de la plus noble façon. Je passai mainte
nuit à jouer, mainte nuit à choquer les verres. La rigueur
du climat et les mœurs de la nation ont assigné à la
bouteille une importance sociale des plus hautes, qu'elle
n'a pas dans notre sobre Allemagne, et j'ai trouvé en
Russie des gens qui peuvent passer pour des virtuoses
accomplis dans ce genre d'exercice ; mais tous n'étaient

que de pauvres hères à côté d'un vieux général à la
moustache grise, à la peau cuivrée, qui dînait avec nous
à table d'hôte. Ce brave homme avait perdu, dans un
combat contre les Turcs, la partie supérieure du crâne ;
de sorte que chaque fois qu'un étranger se présentait,
il s'excusait le plus courtoisement du monde de garder
son chapeau à table. Il avait coutume d'absorber, en
mangeant, quelques bouteilles d'eau-de-vie et, pour terminer, de vider un flacon d'arak, doublant parfois la
dose, suivant les circonstances ;
malgré cela, il était impossible
de saisir en lui le moindre
signe d'ivresse. La chose vous
dépasse, sans doute ; elle me
fit également le même effet :
je fus longtemps avant de pouvoir me l'expliquer, jusqu'au
jour où je trouvai, par hasard,
la clef de l'énigme. Le général
avait l'habitude de soulever de
temps en temps son chapeau ;
j'avais souvent remarqué ce
mouvement, sans m'en inquié-

ter autrement. Rien d'étonnant à ce qu'il eût chaud au
front, et encore moins à ce que sa tête eût besoin d'air.
Je finis cependant par voir qu'en même temps que son

chapeau, il soulevait une plaque d'argent qui y était
fixée et lui servait de crâne, et qu'alors les fumées des
liqueurs spiritueuses qu'il avait absorbées s'échappaient
en légers nuages. L'énigme était résolue. Je racontai ma
découverte à deux de mes amis, et m'offris à leur en
démontrer l'exactitude. J'allai me placer, avec ma pipe,
derrière le général, et, au moment où il soulevait son
chapeau, je mis avec un morceau de papier le feu à la
fumée : nous pûmes jouir alors d'un spectacle aussi neuf
qu'admirable. J'avais transformé en colonne de feu la
colonne de fumée qui s'élevait au-dessus du général ;
et les vapeurs qui se trouvaient retenues par la chevelure
du vieillard formaient un nimbe bleuâtre, comme il n'en
brilla jamais autour de la tête du plus grand saint. Mon
expérience ne put rester cachée au général ; mais il s'en
fâcha si peu qu'il nous permit plusieurs fois de répéter
un exercice qui lui donnait un air si vénérable.

CHAPITRE II

Je passe sous silence maintes joyeuses scènes dont nous fûmes acteurs ou témoins dans des circonstances analogues, parce que je veux vous raconter différentes histoires cynégétiques beaucoup plus merveilleuses et plus intéressantes que tout cela.

Je n'ai pas besoin de vous dire, messieurs, que ma société de prédilection se composait de ces braves compagnons qui savent apprécier le noble plaisir de la chasse. Les circonstances qui entourèrent toutes mes aventures, le bonheur qui guida tous mes coups, resteront parmi les plus beaux souvenirs de ma vie.

Un matin je vis, de la fenêtre de ma chambre à coucher, un grand étang, qui se trouvait dans le voisinage, tout couvert de canards sauvages. Décrochant immédia-

tement mon fusil, je descendis à la hâte l'escalier avec
tant de précipitation que je heurtai du visage contre la
porte : je vis trente-six chandelles, mais cela ne me fit
pas perdre une seconde. J'allais tirer, lorsqu'au moment
où j'ajustais je m'aperçus, à mon grand désespoir, que
le violent coup que je m'étais donné à la figure avait en
même temps fait tomber la pierre de mon fusil. Que
faire ? Je n'avais pas de temps à perdre. Heureusement,
je me rappelai ce que j'avais vu quelques instants auparavant. J'ouvris le bassinet, je dirigeai mon arme dans
la direction du gibier et je m'envoyai le poing dans l'un
de mes yeux. Ce coup vigoureux en fit sortir un nombre
d'étincelles suffisant pour allumer la poudre ; le fusil
partit, et je tuai cinq couples de canards, quatre sarcelles
et deux poules d'eau. Cela prouve que la présence d'esprit est l'âme des grandes actions. Si elle rend d'inap-
préciables services au soldat et au marin, le chasseur
lui doit aussi plus d'un heureux coup.

Ainsi, par exemple, je me souviens qu'un jour je vis
sur un lac, au bord duquel m'avait amené une de mes
excursions, quelques douzaines de canards sauvages, trop
disséminés pour qu'il me fût permis d'espérer en atteindre d'un seul coup un nombre suffisant. Pour comble
de malheur, ma dernière charge était dans mon fusil,
et j'aurais précisément voulu les rapporter tous, ayant
à traiter chez moi nombre d'amis et de connaissances.

Il les avait enfilés comme des perles.

Je me souvins alors que j'avais encore dans ma car-
nassière un morceau de lard, reste des provisions dont
je m'étais muni en partant. J'attachai ce morceau de lard
à la laisse de mon chien que je dédoublai et dont j'attachai les quatre fils bout à bout ; puis je me blottis dans
les joncs du bord, lançai mon appât, et j'eus bientôt la
satisfaction de voir un premier canard s'en approcher
vivement et l'avaler. Les autres accoururent derrière le
premier, et comme, l'onctuosité du lard aidant, mon
appât eut bientôt traversé le canard dans toute sa longueur, un second l'avala, puis un troisième, et ainsi de
suite. Au bout de quelques instants, mon morceau de
lard avait voyagé à travers tous les canards, sans se séparer de sa ficelle : il les avait enfilés comme des perles.
Je revins tout joyeux sur le bord, je me passai cinq ou
six fois la ficelle autour du corps et sur les épaules, et
m'en retournai à la maison.

Comme j'avais encore un bon bout de chemin à faire
et que cette quantité de canards m'incommodait singulièrement, je commençai à regretter d'en avoir tant pris.
Mais sur ces entrefaites il survint un événement qui, au
premier moment, me causa quelque inquiétude. Les
canards étaient encore tous vivants : revenus peu à peu
de leur premier étourdissement, ils se mirent à battre
de l'aile et à m'enlever en l'air avec eux. Tout autre que
moi eût assurément été fort embarrassé. Mais moi j'uti-

lisai cette circonstance à mon profit, et, me servant des
basques de mon habit comme de rames, je me guidai
vers ma demeure. Arrivé au-dessus de la maison, lorsqu'il s'agit de parvenir à terre sans me rien casser, je
tordis successivement le cou à mes canards, et je descendis par le tuyau de la cheminée, et, à la grande stu-

péfaction de mon cuisinier, je tombai sur le fourneau
qui par bonheur n'était pas allumé.

J'eus une aventure à peu près semblable avec une
compagnie de perdreaux. J'étais sorti pour essayer un
nouveau fusil, et j'avais épuisé ma provision de petit
plomb, lorsque, contre toute attente, je vis se lever sous
mes pieds une compagnie de perdreaux. Le désir d'en
voir le soir même figurer quelques-uns sur ma table

Je me guidai vers ma demeure.

m'inspira un moyen que, sur ma parole, messieurs, je
vous conseille d'employer en pareille circonstance. Dès
que j'eus remarqué la place où le gibier s'était abattu,
je chargeai rapidement mon arme et j'y glissai en guise
de plomb ma baguette, dont je
laissai dépasser l'extrémité hors
du canon.

Je me dirigeai vers les perdreaux, je tirai au moment où ils
prenaient leur vol, et, à quelques
pas de là, ma baguette retomba
ornée de sept pièces, qui durent
être fort surprises de se trouver
si subitement mises à la broche ;
ce qui justifie le proverbe qui
dit : « Aide-toi, le ciel t'aidera. »

Une autre fois, je rencontrai
dans une des grandes forêts de la
Russie un magnifique renard bleu.
C'eût été grand dommage de
trouer cette précieuse fourrure
d'une balle ou d'une décharge de
plomb. Maître renard était tapi
derrière un arbre. Je retirai aussitôt la balle du canon
et la remplaçai par un bon clou : je fis feu, et si habi-
lement, que la queue du renard se trouva fichée à

l'arbre. Alors je m'avançai tranquillement vers lui, je
pris mon couteau de chasse et lui fis sur la face une
double entaille en forme de croix ; je pris ensuite mon

fouet et le chassai si joli-
ment hors de sa peau
que c'était plaisir à voir.

Le hasard et la chance
se chargent souvent de
réparer nos fautes ; en
voici un exemple. Un
jour, je vois dans une
épaisse forêt une laie et
un marcassin qui courent
sur moi. Je tire, et les
manque. Mais voilà le
marcassin qui continue
sa route, et la laie qui
s'arrête immobile comme
fichée au sol. Je m'ap-
proche pour chercher la cause de cette immobilité, et
je m'aperçois que j'avais affaire à une laie aveugle, qui
tenait entre ses dents la queue du marcassin, lequel,
dans sa piété filiale, lui servait de guide. Ma balle ayant
passé entre les deux bêtes, avait coupé le fil conducteur,
dont la vieille laie conservait encore une extrémité : ne
se sentant plus tirée par son guide, elle s'était arrêtée. Je

saisis aussitôt ce fragment de queue, et je ramenai chez
moi, sans peine et sans résistance, la pauvre bête infirme.

Si dangereux que soit cet animal, le sanglier est encore
plus redoutable et plus féroce. J'en rencontrai un jour
un dans une forêt, dans un moment où je n'étais préparé
ni à la défense, ni à l'attaque. J'avais à peine eu le temps
de me réfugier derrière un arbre, que l'animal se jeta
sur moi de tout son élan, pour me donner un coup de
côté ; mais, au lieu de m'entrer dans le corps, ses défenses
pénétrèrent si profondément dans le tronc, qu'il ne put
les retirer pour fondre une seconde fois sur moi.

— Ha ! ha ! pensai-je, à nous deux maintenant !

Je pris une pierre, et je cognai de toutes mes forces
sur ses défenses, de façon qu'il lui fût absolument

impossible de se dégager. Il n'avait qu'à attendre que
je décidasse de son sort : j'allai chercher des cordes et
un chariot au village voisin, et le rapportai fortement
garrotté et vivant à la maison.

Vous avez assurément entendu parler, messieurs, de
saint Hubert, le patron des chasseurs et des tireurs, ainsi
que du cerf qui lui apparut dans une forêt portant la
sainte croix entre ses cors. Je n'ai jamais manqué de
fêter chaque année ce saint en bonne compagnie, et j'ai
bien souvent vu son cerf représenté en peinture dans les
églises, ainsi que sur la poitrine des chevaliers de l'ordre
qui porte son nom ; aussi, en mon âme et conscience,
sur mon honneur de brave chasseur, je n'oserais pas
nier qu'il n'y ait eu autrefois des cerfs coiffés de croix,
et même qu'il n'en existe pas encore aujourd'hui. Mais,
sans entrer dans cette discussion, permettez-moi de vous
raconter ce que j'ai vu de mes propres yeux. Un jour
que je n'avais plus de plomb, je donnai, par un hasard
inespéré, sur le plus beau cerf du monde. Il s'arrêta et
me regarda fixement, comme s'il eût su que ma poire à
plomb était vide. Aussitôt je mis dans mon fusil une
charge de poudre, et j'y insinuai une poignée de noyaux
de cerises, que j'avais aussi vite que possible débarrassés
de leur chair. Je lui envoyai le tout sur le front, entre
les deux cors. Le coup l'étourdit : il chancela, puis il se
remit et disparut. Un ou deux ans après, je repassais

J'aperçois un magnifique cerf portant entre les cors un superbe cerisier.

dans la même forêt, et voilà, ô surprise ! que j'aperçois
un magnifique cerf portant entre les cors un superbe
cerisier, haut de dix pieds, pour le moins. Je me souvins
alors de ma première aventure, et, considérant l'animal
comme une propriété depuis longtemps mienne, d'une
balle je l'étendis à terre, de sorte que je gagnai à la
fois le rôti et le dessert ; car l'arbre était chargé de
fruits les meilleurs et les plus délicats que j'eusse mangés de ma vie. Qui peut dire, après cela, que quelque
pieux et passionné chasseur, abbé ou évêque, n'ait pas
semé de la même façon la croix entre les cors du cerf
de saint Hubert ? Dans les cas extrêmes, un bon chasseur a recours à n'importe quel expédient, plutôt que
de laisser échapper une belle occasion, et je me suis
trouvé moi-même maintes fois obligé de me tirer par
ma seule habileté des passes les plus périlleuses.

Que dites-vous, par exemple, du cas suivant ?

Je me trouvais, à la tombée de la nuit, à bout de
munitions, dans une forêt de Pologne. Je m'en retour-
nais à la maison, lorsqu'un ours énorme, furieux, la
gueule ouverte, prêt à me dévorer, me barre le passage.
En vain je cherche dans toutes mes poches de la poudre
et du plomb. Je ne trouve rien que deux pierres à fusil,
que j'ai l'habitude d'emporter par précaution. J'en lance
violemment, dans la gueule de l'animal, une qui pénètre
jusqu'au fond de son gosier. Ce traitement n'étant pas

4

du goût du monstre, ma bête fait demi-tour, ce qui me permet de jeter une seconde pierre contre sa porte de

derrière. — L'expédient réussit admirablement. Non seulement le second silex arriva à son adresse, mais il rencontra le premier : le choc produisit du feu, et l'ours éclata avec une explosion terrible. Je suis sûr qu'un argument *à priori* lancé ainsi contre un argument *à posteriori* ferait, au moral, un effet analogue sur plus d'un savant.

Il était écrit que je devais être attaqué par les bêtes les plus terribles et les plus féroces, précisément dans les moments où j'étais le moins en état de leur tenir tête, comme si leur instinct les eût averties de ma faiblesse. C'est ainsi qu'une fois que je venais de dévisser la pierre de mon fusil pour la raviver, un monstre d'ours s'élance en hurlant vers moi. Tout ce

Et l'ours éclata avec une explosion terrible.

que je pouvais faire, c'était de me réfugier sur un arbre,
afin de me préparer à la défense. Malheureusement, en
grimpant, je laissai tomber mon couteau, et je n'avais
plus rien que mes doigts, ce qui était insuffisant, pour
visser ma pierre. L'ours se dressait au pied de l'arbre,
et je m'attendais à être dévoré d'un moment à l'autre.

J'aurais pu allumer mon amorce en tirant du feu de
mes yeux comme je l'avais fait dans une circonstance
précédente; mais cet expédient ne me tentait que médio-
crement : il m'avait occasionné un mal d'yeux dont je
n'étais pas encore complètement guéri. Je regardais
désespérément mon couteau piqué droit dans la neige;
mais tout mon désespoir n'avançait pas les choses d'un
cran. Enfin il me vint une idée aussi heureuse que singulière. Vous savez tous par expérience que le vrai chasseur
porte toujours, comme le philosophe, tout son bien avec
lui : quant à moi, ma gibecière est un véritable arsenal
qui me fournit des ressources contre toutes les éventua-
lités. J'y fouillai et en tirai d'abord une pelote de ficelle,
puis un morceau de fer recourbé, puis une boîte pleine
de poix : la poix étant durcie par le froid, je la plaçai
contre ma poitrine pour la ramollir. J'attachai ensuite à
la corde le morceau de fer que j'enduisis abondamment
de poix, et le laissai rapidement tomber à terre. Le morceau de fer enduit de poix se fixa au manche du couteau
d'autant plus solidement que la poix se refroidissant à

l'air, formait comme un ciment; je parvins de la sorte, en manœuvrant avec précaution, à remonter le couteau. A peine avais-je revissé ma pierre, que maître Martin se mit en devoir d'escalader l'arbre.

— Parbleu, pensai-je, il faut être ours pour choisir si bien son moment!

Et je l'accueillis avec une si belle décharge, qu'il perdit du coup l'envie de plus jamais monter aux arbres.

Une autre fois je fus serré de si près par un loup que je n'eus, pour me défendre, d'autre ressource que de lui plonger mon point dans la gueule. Poussé par l'instinct

de ma conservation, je l'enfonçai toujours de plus en
plus profondément, de façon que mon bras se trouva
engagé jusqu'à l'épaule. Mais que faire après cela ? Pensez un peu à ma situation : nez à nez avec un loup ! Je
vous assure que nous ne nous faisions pas les yeux

doux : si je retirais mon bras, la bête me sautait dessus
infailliblement ; je lisais clairement son intention dans
son regard flamboyant. Bref, je lui empoignai les entrailles, les tirai à moi, retournai mon loup comme un
gant, et le laissai mort sur la neige.

Je n'aurais assurément pas employé ce procédé à
l'égard d'un chien enragé qui me poursuivit un jour
dans une ruelle de Saint-Pétersbourg.

— Cette fois, me dis-je, tu n'as qu'à prendre tes
jambes à ton cou.

Pour mieux courir, je jetai mon manteau et me réfu-
giai au plus vite chez moi. J'envoyai ensuite mon domestique chercher mon manteau, qu'il replaça dans l'armoire avec mes autres habits. Le lendemain, j'entendis
un grand tapage dans la maison, et Jean qui venait vers
moi en s'écriant :

— Au nom du ciel, monsieur le baron, votre manteau est enragé !

Je m'élance aussitôt, et je vois tous mes vêtements
déchirés et mis en pièces. Le drôle avait dit vrai, mon
manteau était enragé : j'arrivai juste au moment où le
furibond se ruait sur un bel habit de gala tout neuf, et
le secouait, et le dépeçait de la façon la plus impitoyable.

Le drôle avait dit vrai, mon manteau était enragé.

-CHAPITRE III

DES CHIENS ET DES CHEVAUX DU BARON
DE MUNCHHAUSEN

Dans toutes ces circonstances difficiles d'où je me tirai
toujours heureusement, quoique souvent au péril de mes
jours, ce fut le courage et la présence d'esprit qui me
permirent de surmonter tant d'obstacles. Ces deux qua-
lités font, comme chacun sait, l'heureux chasseur, l'heureux soldat et l'heureux marin. Cependant celui-là serait
un chasseur, un amiral ou un général imprudent et blâ-
mable, qui s'en remettrait en tout état de cause à sa
présence d'esprit ou à son courage, sans avoir recours
ni aux ruses, ni aux instruments, ni aux auxiliaires qui

peuvent assurer la réussite de son entreprise. Pour ce qui
est de moi, je suis à l'abri de ce reproche, car je puis
me vanter d'avoir toujours été cité tant pour l'excellence
de mes chevaux, de mes chiens et de mes armes, que
pour l'habileté remarquable que je mets à les utiliser. Je
ne voudrais pas vous entretenir des détails de mes écu-
ries, de mes chenils ni de mes salles d'armes, comme
ont coutume de le faire les palefreniers et les piqueurs,

mais je ne peux pas ne pas vous parler de deux chiens
qui se sont si particulièrement distingués à mon service, que je ne les oublierai jamais.

L'un était un chien couchant, si infatigable, si intelli-

gent, si prudent, qu'on ne pouvait le voir sans me l'en-
vier. Jour et nuit, il était bon ; la nuit je lui attachais
une lanterne à la queue, et, en cet équipage, il chassait
tout aussi bien, peut-être mieux qu'en plein jour.

Peu de temps après mon mariage, ma femme manifesta
le désir de faire une partie de chasse. Je pris les devants
pour faire lever quelque chose, et je ne tardai pas à voir
mon chien arrêté devant une compagnie de quelques centaines de perdreaux. J'attendis ma femme, qui venait derrière moi, avec mon lieute-
nant et un domestique : j'attendis longtemps, personne
n'arrivait ; enfin, assez inquiet, je retournai sur mes
pas, et, quand je fus à moitié
chemin, j'entendis des gémissements lamentables : ils
semblaient être tout près, et cependant je n'apercevais
nulle part trace d'être vivant.

Je descendis de cheval, j'appliquai mon oreille contre
le sol, et non seulement je compris que les gémissements
venaient de dessous terre, mais encore je reconnus les
voix de ma femme, de mon lieutenant et de mon domestique. Je remarquai en même temps que non loin de
l'endroit où j'étais s'ouvrait un puits de mine de houille,
et je ne doutai plus que ma femme et ses malheureux

compagnons n'y eussent été engloutis. Je courus ventre
à terre au prochain village chercher les mineurs, qui
après de grands efforts parvinrent à retirer les infortunés de ce puits qui mesurait pour le moins quatre-vingt-
dix pieds de profondeur.

Ils amenèrent d'abord le domestique, son cheval,
ensuite le lieutenant, puis son cheval ; enfin ma femme,
et après elle son petit barbe. Le plus curieux de l'affaire,
c'est que, malgré cette chute effroyable, personne, ni
gens ni bête, n'avait été blessé, à l'exception de quelques
contusions insignifiantes ; mais ils étaient en proie à une
extrême terreur. Comme vous pouvez l'imaginer, il n'y
avait plus à penser à reprendre la chasse, et si, ainsi que
je le suppose, vous avez oublié mon chien pendant ce
récit, vous m'excuserez de l'avoir également oublié après
ce terrible événement.

Le lendemain même de ce jour, je dus partir pour
affaire de service, et je fus retenu quinze jours hors de
chez moi. Aussitôt de retour, je demandai ma Diane.
Personne ne s'en était inquiété ; mes gens croyaient qu'elle
m'avait suivi ; il fallait donc désespérer de la revoir jamais.
A la fin une idée lumineuse me traversa l'esprit :

— Elle est peut-être restée, me dis-je, en arrêt devant
la compagnie de perdreaux !

Je m'élance aussitôt, plein d'espoir et de joie, et
qu'est-ce que je trouve ! ma chienne immobile à la place

Ils amenèrent d'abord le domestique.

même où je l'avais laissée quinze jours auparavant.
« Pille! » lui criai-je ; en même temps elle rompit l'arrêt,
fit lever les perdreaux, et j'en abattis vingt-cinq d'un seul
coup. Mais la pauvre bête eut à peine la force de revenir

auprès de moi, tant elle était exténuée et affamée. Je fus
obligé, pour la ramener à la maison, de la prendre avec
moi sur mon cheval : vous pensez du reste avec quelle
joie je me pliai à cette incommodité. Quelques jours de
repos et de bons soins la rendirent aussi fraîche et aussi
vive qu'auparavant, et ce ne fut que plusieurs semaines
plus tard que je me trouvai à même de résoudre une

énigme qui sans ma chienne me fût sans doute restée
éternellement incompréhensible.

Je m'acharnais depuis deux jours à la poursuite d'un
lièvre. Ma chienne le ramenait toujours et je ne parvenais
jamais à le tirer. Je ne crois pas à la sorcellerie, j'ai vu
trop de choses extraordinaires pour cela, mais j'avoue
que je perdais mon latin avec ce maudit lièvre. Enfin je
l'atteignis de si près que je le touchais du bout de mon
fusil : il culbuta, et que pensez-vous, messieurs, que je

trouvai? — Mon lièvre avait quatre pattes au ventre et
quatre autres sur le dos. Lorsque les deux pattes de
dessous étaient fatiguées, il se retournait comme un nageur
habile qui fait alternativement la couple et la planche, et
il repartait de plus belle avec ses deux paires fraîches.

Je n'ai jamais revu depuis de lièvre semblable à celui-
là, et je ne l'aurais assurément pas pris avec une autre
chienne que Diane. Elle surpassait tellement tous ceux
de sa race, que je ne craindrais pas d'être taxé d'exagé-
ration en la disant unique, si un lévrier que je possédais
ne lui avait disputé cet honneur. Cette petite bête était

moins remarquable par sa mine que par son incroyable
rapidité. Si ces messieurs l'avaient vue, ils l'auraient cer-
tainement admirée, et n'auraient point trouvé étonnant
que je l'aimasse si fort, et que je prisse tant de plaisir
à chasser avec elle. Ce lévrier courut si vite et si longtemps à mon service, qu'il s'usa les pattes jusqu'au-dessus
du jarret, et que sur ses vieux jours je pus l'employer
avantageusement en qualité de terrier.

Alors que cette intéressante bête était encore lévrier
ou, pour parler plus exactement, levrette, elle fit lever un
lièvre qui me parut extraordinairement gros. Ma chienne
était pleine à ce moment, et cela me peinait de voir les
efforts qu'elle faisait pour courir aussi vite que d'habi-

tude. Tout à coup j'entendis des jappements, comme si
c'eût été une meute entière qui les poussât, mais faibles
et incertains, si bien que je ne savais d'où cela partait :
lorsque je me fus approché, je vis la chose la plus sur-
prenante du monde.

Le lièvre, ou plutôt la hase, car c'était une femelle,
avait mis bas en courant; ma chienne en avait fait autant,

et il était né précisément autant de petits lièvres que de
petits chiens. Par instinct les premiers avaient fui, et,
par instinct aussi, les seconds les avaient non seulement
poursuivis, mais pris, de sorte que je me trouvai terminer avec six chiens et six lièvres une chasse que j'avais
commencée avec un seul lièvre et un seul chien.

Au souvenir de cette admirable chienne, je ne puis
m'empêcher de rattacher celui d'un excellent cheval
lithuanien, une bête sans prix! Je l'eus par suite d'un
hasard qui me donna l'occasion de montrer glorieuse-

Je vins me placer sur la table même.

ment mon adresse de cavalier. Je me trouvais dans un
des biens du comte Przobovski, en Lithuanie, et j'étais
resté dans le salon à prendre le thé avec les dames, tandis que les hommes étaient allés dans la cour examiner
un jeune cheval de sang arrivé récemment du Haras.
Tout à coup nous entendîmes un cri de détresse.

Je descendis en toute hâte l'escalier, et je trouvai le
cheval si furieux, que personne n'osait ni le monter, ni
même l'approcher; les cavaliers les plus résolus restaient
immobiles et fort embarrassés : l'effroi se peignait sur
tous les visages, lorsque d'un seul bond je m'élançai sur
la croupe du cheval ; je le surpris et le matai tout d'abord
par cette hardiesse ; mes talents hippiques achevèrent de
le dompter et de le rendre doux et obéissant. Afin de
rassurer les dames, je fis sauter ma bête dans le salon
en passant par la fenêtre ; je fis plusieurs tours au pas,
au trop et au galop, et, pour terminer, je vins me placer
sur la table même, où j'exécutai les plus élégantes évolutions de la haute école, ce qui réjouit fort la société.
Ma petite bête se laissa si bien mener, qu'elle ne cassa
pas un verre, pas une tasse. Cet événement me mit si
fort en faveur auprès des dames et du comte, qu'il me
pria avec sa courtoisie habituelle de vouloir bien accepter ce jeune cheval, qui me conduirait à la victoire dans
la prochaine campagne contre les Turcs, qui allait s'ouvrir sous les ordres du comte Munich.

CHAPITRE IV

Certes, il eût été difficile de me faire un cadeau plus
agréable que celui-là, dont je me promettais beaucoup
de bien pour la prochaine campagne et qui devait me
servir à faire mes preuves. Un cheval aussi docile, aussi
courageux, aussi ardent, — un agneau et un bucéphale
tout à la fois, — devait me rappeler les devoirs du soldat, et en même temps les faits héroïques accomplis
par le jeune Alexandre dans ses fameuses guerres.

Le but principal de notre campagne était de rétablir
l'honneur des armes russes qui avait quelque peu été

atteint sur le Pruth, du temps du czar Pierre : nous y parvînmes après de rudes mais glorieux combats, et grâce aux talents du grand général que j'ai nommé plus haut.

La modestie interdit aux subalternes de s'attribuer de beaux faits d'armes ; la gloire doit en revenir communément aux chefs, si nuls qu'ils soient, aux rois et aux reines qui n'ont jamais senti brûler de poudre qu'à l'exercice, et n'ont jamais vu manœuvrer d'armée qu'à la parade.

Ainsi, je ne revendique pas la moindre part de la gloire que notre armée recueillit dans maint engagement. Nous fîmes tous notre devoir, mot qui, dans la bouche du citoyen, du soldat, de l'honnête homme, a une signification beaucoup plus large que ne se l'imaginent messieurs les buveurs de bière. Comme je commandais alors un corps de hussards, j'eus à exécuter différentes expéditions où l'on s'en remettait entièrement à mon expérience et à mon courage : pour être juste, cependant, je dois dire ici qu'une grande part de mes succès revient à ces braves compagnons que je conduisais à la victoire.

Un jour que nous repoussions une sortie des Turcs sous les murs d'Orczakow, l'avant-garde se trouva chaudement engagée. J'occupais un poste assez avancé ; tout à coup je vis venir du côté de la ville un parti d'ennemis enveloppés d'un nuage de poussière qui m'empêchait d'apprécier le nombre et la distance. M'entourer d'un nuage

7

semblable, c'eût été un stratagème vulgaire, et cela m'eût, en outre, fait manquer mon but. Je déployai mes tirailleurs sur les ailes en leur recommandant de faire autant de

poussière qu'ils pourraient. Quant à moi, je me dirigeai droit sur l'ennemi, afin de savoir au juste ce qui en était.

Je l'atteignis : il résista d'abord et tint bon jusqu'au moment où mes tirailleurs vinrent jeter le désordre dans ses rangs. Nous le dispersâmes complètement, en fîmes un grand carnage et le refoulâmes non seulement dans la place, mais encore au delà, de façon qu'il s'enfuit par la porte opposée, résultat que nous n'avions pas osé espérer.

L'eau s'écoulait par derrière à mesure qu'elle entrait par devant.

Comme mon lithuanien était extrêmement vite, je me trouvai le premier sur le dos des fuyards, et, voyant que l'ennemi courait si bien vers l'autre issue de la ville, je jugeai bon de m'arrêter sur la place du Marché et de faire sonner le rassemblement. Mais figurez-vous mon étonnement, messieurs, en ne voyant autour de moi ni trompette ni aucun de mes hussards.

— Que sont-ils devenus? me dis-je; se seraient-ils répandus dans les rues?

Ils ne pouvaient cependant pas être bien loin, et ne devaient pas tarder à me rejoindre. En attendant, je menai mon lithuanien à la fontaine qui occupait le milieu de la place, pour l'abreuver. Il se mit alors à boire d'une façon inconcevable, sans que cela parût le désaltérer : j'eus bientôt l'explication de ce phénomène singulier, car en me retournant pour regarder si mes gens n'arrivaient pas, qu'imaginez-vous que je vis, messieurs? Tout l'arrière-train de mon cheval était absent et coupé net. L'eau s'écoulait par derrière à mesure qu'elle entrait par devant, sans que la bête en conservât rien.

Comment cela était-il arrivé? je ne pouvais m'en rendre compte, lorsque enfin mon hussard arriva du côté opposé à celui par lequel j'étais venu et, à travers un torrent de cordiales félicitations et d'énergiques jurons, me rapporta ce qui suit. Tandis que je m'étais jeté pêle-

mêle au milieu des fuyards, on avait brusquement laissé
retomber la herse de la porte qui avait tranché net l'arrière-train de mon cheval. Cette seconde partie de ma

bête était d'abord restée au milieu des ennemis et y
avait exercé de terribles ravages ; puis, ne pouvant pénétrer dans la ville, elle s'était dirigée vers un pré voisin,
où je la retrouverais sans aucun doute. Je tournai bride
aussitôt, et l'avant de mon cheval me mena au grand
galop vers la prairie. A ma grande joie, j'y retrouvai en
effet l'autre moitié qui se livrait aux évolutions les plus
ingénieuses et passait gaiement le temps avec les juments
qui erraient sur la pelouse.

Etant dès lors bien assuré que les deux parties de
mon cheval étaient vivantes, j'envoyai chercher notre
vétérinaire. Sans perdre de temps, il les rajusta au moyen
de rameaux de laurier qui se trouvaient là, et la blessure
guérit heureusement. Il advint alors quelque chose qui
ne pouvait arriver qu'à un animal aussi supérieur. Les
branches prirent racine dans son corps, poussèrent, et
formèrent autour de moi comme un berceau à l'ombre
duquel j'accomplis plus d'une action d'éclat.

Je veux vous raconter encore ici un petit désagrément
qui résulta de cette brillante affaire. J'avais si vigou-
reusement, si longtemps et si impitoyablement sabré
l'ennemi, que mon bras en avait conservé le mouvement, alors que les Turcs avaient depuis longtemps dis-
paru. Dans la crainte de me blesser et surtout de blesser
les miens lorsqu'ils m'approchaient, je me vis obligé de
porter pendant huit jours mon bras en écharpe, comme
si j'eusse été amputé.

Lorsqu'un homme monte un cheval tel que mon
lithuanien, vous pouvez bien, messieurs, le croire
capable d'exécuter un autre trait qui paraît, au premier
abord, tenir du fabuleux. Nous faisions le siège d'une
ville dont j'ai oublié le nom, et il était de la plus haute
importance pour le feld-maréchal de savoir ce qui se passait dans la place : il paraissait impossible d'y pénétrer,
car il eût fallu se faire jour à travers les avant-postes,

les grand'gardes et les ouvrages avancés ; personne n'osait se charger d'une pareille entreprise. Un peu trop confiant peut-être dans mon courage et emporté par mon zèle, j'allai me placer près d'un de nos gros canons, et, au moment où le coup partait, je m'élançai sur le boulet, dans le but de pénétrer par ce moyen dans la ville ; mais lorsque je fus à moitié route, la réflexion me vint :

— Hum ! pensai-je, aller, c'est bien, mais comment revenir ? Que va-t-il t'arriver une fois dans la place ?

On te traitera en espion et on te pendra au premier arbre : ce n'est pas une fin digne de Münchhausen !

Ayant fait cette réflexion, suivie de plusieurs autres du même genre, j'aperçus un boulet, dirigé de la forte-

Si je ne m'étais enlevé par ma propre queue.

resse contre notre camp, qui passait à quelques pas de
moi ; je sautai dessus, et je revins au milieu des miens,
sans avoir, il est vrai, accompli mon projet, mais du
moins entièrement sain et sauf.

Si j'étais leste et alerte à la voltige, mon brave cheval ne l'était pas moins. Haies ni fossés, rien ne l'arrê-
tait, il allait toujours droit devant lui. Un jour, un lièvre
que je poursuivais coupa la grande route ; en ce moment

même, une voiture où se trouvaient deux belles dames
vint me séparer du gibier. Mon cheval passa si rapidement et si légèrement à travers la voiture, dont les glaces
étaient baissées, que j'eus à peine le temps de retirer
mon chapeau et de prier ces dames de m'excuser de la
liberté grande.

Une autre fois, je voulus sauter une mare, et, lorsque
je me trouvai au milieu, je m'aperçus qu'elle était plus
grande que je ne me l'étais figuré d'abord : je tournai
aussitôt bride au milieu de mon élan, et je revins sur
le bord que je venais de quitter, pour reprendre plus
de champ; cette fois encore je m'y pris mal, et tombai
dans la mare jusqu'au cou : j'aurais péri infailliblement
si, par la force de mon propre bras, je ne m'étais enlevé
par ma propre queue, moi et mon cheval que je serrai
fortement entre les genoux.

CHAPITRE V

AVENTURES DU BARON DE MUNCHHAUSEN PENDANT SA CAPTIVITÉ
CHEZ LES TURCS
IL REVIENT DANS SA PATRIE

Malgré tout mon courage, malgré la rapidité, l'adresse et la souplesse de mon cheval, je ne remportai pas toujours, dans la guerre contre les Turcs, les succès que j'eusse désirés. J'eus même le malheur, débordé par le nombre, d'être fait prisonnier, et, ce qui est plus triste encore, quoique cela soit une habitude chez ces gens-là, je fus vendu comme esclave.

Réduit à cet état d'humiliation, j'accomplissais un travail moins dur que singulier, moins avilissant qu'insupportable. J'étais chargé de mener chaque matin au champ les abeilles du sultan, de les garder tout le jour et de les ramener le soir à leur ruche. Un soir, il me manqua une abeille ; mais je reconnus aussitôt qu'elle avait été attaquée par deux ours qui voulaient la mettre en pièces pour avoir son miel. N'ayant entre les mains d'autre arme que

la hachette d'argent qui est le signe distinctif des jardi-
niers et des laboureurs du sultan, je la lançai contre
les deux voleurs, dans le but de les effrayer. Je réussis
en effet à délivrer la pauvre abeille ; mais l'impulsion
donnée par mon bras avait été trop forte ; la hache
s'éleva en l'air si haut, si haut, qu'elle s'en alla tomber
dans la lune. Comment la ravoir ? Où trouver une échelle
pour aller la rechercher ?

Je me rappelai alors
que le pois de Turquie
croît très rapidement et
à une hauteur extraor-
dinaire. J'en plantai im-
médiatement un, qui se
mit à pousser et alla de
lui-même contourner sa
pointe autour d'une des
cornes de la lune. Je
grimpai lestement vers
l'astre, où j'arrivai sans
encombre. Ce ne fut pas
un petit travail que de
rechercher ma hachette
d'argent dans un endroit où tous les objets sont également en argent. Enfin je la trouvai sur un tas de paille.
Alors je songeai au retour. Mais, ô désespoir ! la cha-

Lorsqu'il fut embroché, j'accourus.

leur du soleil avait flétri la tige de
mon pois, si bien que je ne pouvais
descendre par cette voie sans risquer
de me casser le cou. Que faire ? je
tressai avec la paille une corde aussi
longue que je pus : je la fixai à l'une
des cornes de la lune, et je me laissai
glisser. Je me soutenais de la main
droite, j'avais ma hache dans la gauche : arrivé au bout de ma corde, je
tranchai la portion supérieure et la
rattachai à l'extrémité inférieure : je
réitérai plusieurs fois cette opération, et je finis, au bout de quelque
temps, par discerner au-dessous de
moi la campagne du sultan.

Je pouvais bien être encore à une
distance de deux lieues de la terre,
dans les nuages, lorsque la corde se
cassa, et je tombai si rudement sur
le sol, que j'en restai tout étourdi.
Mon corps, dont le poids s'était accru
par la vitesse acquise et par la distance
parcourue, creusa dans la terre un
trou d'au moins neuf pieds de pro-
fondeur. Mais la nécessité est bonne conseillère. Je me

taillai avec mes ongles de quarante ans une sorte d'escalier, et je parvins de cette façon à voir le jour.

Instruit par cette expé-
rience, je trouvai un meilleur moyen de me débar-
rasser des ours qui en voulaient à mes abeilles et à
mes ruches. J'enduisis de
miel le timon d'un cha-
riot, et je me plaçai non
loin de là en embuscade,
pendant la nuit. Un ours
énorme, attiré par l'odeur
du miel, arriva et se mit
à lécher si avidement le
bout du timon, qu'il finit
par se le passer tout entier
dans la gueule, dans l'estomac et dans les entrailles :
lorsqu'il fut bien embro-
ché, j'accourus, je fichai dans le trou placé à l'extrémité du timon une grosse cheville, et coupant ainsi la
retraite au gourmand, je le laissai dans cette position
jusqu'au lendemain matin. Le sultan, qui vint se promener dans les environs, faillit mourir de rire en voyant
le tour que j'avais joué à l'ours.

Que le soleil lui-même y gagna des engelures.

Peu de temps après, les Russes conclurent la paix avec les Turcs, et je fus renvoyé à Saint-Pétersbourg avec nombre d'autres prisonniers de guerre. Je pris mon congé, et je quittai la Russie au moment de cette grande révolution qui eut lieu il y a environ quarante ans, et à la suite de laquelle l'empereur au berceau, avec sa mère et son père, le duc de Brunswick, le feld-maréchal Munich et tant d'autres, fut exilé en Sibérie. Il sévit cette année-là un tel froid dans toute l'Europe, que le soleil lui-même y gagna des engelures, dont on voit encore les marques qu'on observe sur sa face. Aussi eus-je beaucoup plus à souffrir à mon retour que lors de mon premier voyage.

Mon lithuanien étant resté en Turquie, j'étais obligé de voyager en poste. Or, il advint que, nous trouvant engagés dans un chemin creux bordé de haies élevées, je dis au postillon de donner avec son cor un signal, afin d'empêcher une au-tre voiture de s'engager en même temps dans l'autre bout du chemin. Mon drôle obéit et souffla de toutes ses forces dans son cor, mais ses efforts furent vains : il ne put en tirer une note, ce qui était d'abord incompréhensible, et ensuite fort gênant,

car nous ne tardâmes pas à voir arriver sur nous une
voiture qui occupait toute la largeur de la route.

Je descendis aussitôt et commençai par dételer les chevaux ; puis je pris sur mes épaules la voiture avec ses

quatre roues et ses
bagages, et je sautai
avec cette charge dans
les champs, par-des-
sus le talus et la haie
du bord, haute d'au
moins neuf pieds, ce
qui n'était pas une
bagatelle, vu le poids
du fardeau : au moyen
d'un second saut, je
reportai ma chaise de
poste sur la route, au
delà de l'autre voi-
ture. Cela fait, je re-
vins vers les chevaux,
j'en pris un sous cha-

que bras, et je les transportai par le même procédé
auprès de la chaise ; après quoi nous attelâmes et nous
atteignîmes sans encombre la station de poste.

J'ai oublié de vous dire que l'un de mes chevaux, qui
était tout jeune et très fougueux, faillit me donner beau-

J'en pris un sous chaque bras.

coup de mal : car au moment où je franchissais pour la
seconde fois la haie, il se mit à ruer et à remuer les
jambes si violemment que je me trouvai un instant fort
embarrassé. Mais je l'empêchai de continuer cette gym-
nastique en fourrant ses deux jambes de derrière dans
les poches de mon habit.

Arrivés à l'auberge, le postillon accrocha son cor à
un clou dans la cheminée, et nous nous mîmes à table.

Or, écoutez, messieurs, ce qui arriva ! — *Tarata,
tarata, tata, tata !* voilà le cor qui se met à jouer tout seul.
Nous ouvrons de grands yeux, en nous demandant ce
que cela signifie. Imaginez-vous que les notes s'étaient

gelées dans le cor, et que, la chaleur les dégelant peu à
peu, elles sortaient claires et sonores, à la grande louange
du postillon, car l'intéressant instrument nous fit pendant une demi-heure de l'excellente musique sans qu'il
fût besoin de souffler dedans. Il nous joua d'abord la
marche prussienne, puis « *Sans amour et sans vin* », puis

« *Quand je suis triste* », puis « *Hier soir le cousin Michel* », et maintes chansons populaires, entre autres la ballade « *Tout repose dans les bois* ». Cette aventure fut la dernière de mon voyage en Russie.

Beaucoup de voyageurs ont l'habitude, en narrant leurs aventures, d'en raconter beaucoup plus long qu'ils n'en ont vu. Il n'est donc pas étonnant que les lecteurs et les auditeurs soient parfois enclins à l'incrédulité. Toutefois, s'il était dans l'honorable société quelqu'un qui fût porté à douter de la véracité de ce que j'avance, je serais extrêmement peiné de ce manque de confiance, et je l'avertirais qu'en ce cas, ce qu'il a de mieux à faire, c'est de se retirer avant que je commence le récit de mes aventures de mer qui sont plus extraordinaires encore, bien qu'elles ne soient pas moins authentiques.

CHAPITRE VI

Le premier voyage que je fis dans ma vie, peu de temps avant celui de Russie dont je vous ai raconté les épisodes les plus remarquables, fut un voyage en mer.

J'étais encore en procès avec les oies, comme avait coutume de me le répéter mon oncle le major, — une fière moustache de colonel de hussards, — et l'on ne savait pas encore au juste si le duvet blanc qui parsemait mon menton serait chiendent ou barbe, que déjà les voyages étaient mon unique poésie, la seule aspiration de mon cœur.

Mon père avait passé la plus grande partie de sa jeunesse à voyager, il abrégeait les longues soirées d'hiver par le récit véridique de ses aventures. Aussi peut-on attribuer mon goût autant à la nature qu'à l'influence de l'exemple paternel. Bref, je saisissais toutes les occasions que je croyais devoir me fournir les moyens de satisfaire mon insatiable désir de voir le monde ; mais tous mes efforts furent vains.

Si par hasard je parvenais à faire une petite brèche à la volonté de mon père, ma mère et ma tante n'en résistaient que plus opiniâtrement, et en quelques instants, j'avais perdu les avantages que j'avais eu tant de peine à conquérir. Enfin le hasard voulut qu'un de mes parents maternels vînt nous faire une visite. Je fus bientôt son favori ; il me disait souvent que j'étais un gentil et joyeux garçon, et qu'il voulait faire tout son possible pour m'aider dans l'accomplissement de mon désir. Son éloquence fut plus persuasive que la mienne, et après un échange de représentations et de répliques, d'objections et de réfutations, il fut décidé, à mon extrême joie, que je l'accompagnerais à Ceylan, où son oncle avait été gouverneur pendant plusieurs années.

Nous partîmes d'Amsterdam, chargés d'une mission importante de la part de Leurs Hautes Puissances les Etats de Hollande. Notre voyage ne présenta rien de bien remarquable, à l'exception d'une terrible tempête, à laquelle je dois consacrer quelques mots, à cause des singulières conséquences qu'elle amena. Elle éclata juste au moment où nous étions à l'ancre devant une île, pour faire de l'eau et du bois : elle sévissait si furieuse, qu'elle déracina et souleva en l'air nombre d'arbres énormes. Bien que quelques-uns passassent plusieurs centaines de quintaux, la hauteur prodigieuse à laquelle ils étaient enlevés les faisait paraître pas plus gros que ces petites plumes que l'on voit parfois voltiger dans l'air.

Cependant, dès que la tempête se fut apaisée, chaque arbre retomba juste à sa place, et reprit aussitôt racine, de sorte qu'il ne resta pas la moindre trace des ravages causés par les éléments. Seul, le plus gros de ces arbres fit exception. Au moment où il avait été arraché de terre par la violence de la tempête, un homme était occupé

avec sa femme à y cueillir des concombres ; car, dans
cette partie du monde, cet excellent fruit croît sur les
arbres. L'honnête couple accomplit aussi patiemment
que le mouton de Blanchard le voyage aérien : mais par
son poids il modifia la direction de l'arbre, qui retomba
horizontalement sur le sol. Or, le très gracieux cacique
de l'île avait, ainsi que la plupart des habitants, aban-
donné sa demeure, par crainte d'être enseveli sous les
ruines de son palais ; à la fin de l'ouragan, il revenait

chez lui en passant par son jardin, lorsque l'arbre tomba
précisément en ce moment et, par bonheur, le tua net.

— Par bonheur, dites-vous ?

— Oui, oui, par bonheur ; car, messieurs, le cacique
était, sauf votre respect, un abominable tyran, et les
habitants de l'île, sans en excepter ses favoris et ses
maîtresses, étaient les plus malheureuses créatures qu'on

Un homme était occupé avec sa femme à y cueillir des concombres.

pût trouver sous la calotte des cieux. Des masses d'appro-
visionnements pourrissaient dans ses magasins et dans ses
greniers, tandis que son peuple, à qui il les avait extor-
qués, mourait littéralement de faim.

Son île n'avait rien à craindre de l'étranger : malgré

cela, il mettait la main sur tous les jeunes gens pour en
faire des héros suivant l'ordonnance, et de temps en
temps vendait sa collection au voisin le plus offrant, pour
ajouter de nouveaux millions de coquillages aux millions
qu'il avait hérités de son père. On nous dit qu'il avait
rapporté ce procédé inouï d'un voyage qu'il avait fait
dans le Nord; c'est là une assertion que, malgré tout
notre patriotisme, nous n'essayâmes pas de réfuter,
quoique, chez ces insulaires, un voyage dans le Nord

11

puisse signifier aussi bien un voyage aux Canaries qu'une excursion au Groënland ; mais nous avions plusieurs raisons de ne pas insister sur ce point.

En reconnaissance du grand service que ces cueilleurs de concombres avaient rendu à leurs compatriotes, on

les plaça sur le trône laissé vacant par la mort du cacique. Il est vrai de dire que ces braves gens avaient dans leur voyage aérien vu le soleil de si près, que l'éclat de cette lumière leur avait pas mal obscurci les yeux, et quelque peu aussi l'intelligence ; mais ils n'en régnèrent que mieux, si bien que personne ne mangeait de concombres sans dire : « Dieu protège notre cacique ! »

Après avoir réparé notre bâtiment, qui n'avait pas peu souffert de la tourmente, et pris congé des nouveaux souverains, nous mîmes à la voile par un vent favorable, et, au bout de six semaines, nous fûmes à Ceylan.

Quinze jours environ après notre arrivée, le fils aîné du gouverneur me proposa d'aller à la chasse avec lui, ce que j'acceptai de grand cœur. Mon ami était grand et fort, habitué à la chaleur du climat; mais moi, je ne tardai pas, quoique je ne me fusse pas beaucoup remué, à être si accablé, que, lorsque nous arrivâmes en forêt, je me trouvai en arrière de lui.

Je me disposais à m'asseoir, pour prendre quelque repos, au bord d'une rivière qui depuis quelque temps attirait mon attention, lorsqu'il se fit tout à coup un grand bruit derrière moi. Je me retournai et restai comme pétrifié en apercevant un énorme lion qui se dirigeait sur moi, et me donnait à entendre qu'il désirait vivement

déjeuner de ma pauvre personne, sans m'en demander la
permission. Mon fusil était chargé à petit plomb. Je
n'avais ni le temps ni la présence d'esprit nécessaires
pour réfléchir longuement ; je résolus donc de faire feu

sur la bête, sinon pour la blesser,
du moins pour l'effrayer. Mais au
moment où je le visai, l'animal,
devinant sans doute mes intentions, devint furieux et s'élança
sur moi. Par instinct plutôt que
par raisonnement, j'essayai une
chose impossible, c'est-à-dire de
fuir. Je me retourne et — j'en
frissonne encore rien que d'y
penser ! — je vois à quelques pas
de moi un monstrueux crocodile, qui ouvrait déjà formida-
blement sa gueule pour m'avaler.

Représentez-vous, messieurs,
l'horreur de ma situation : par
derrière, le lion ; par devant, le
crocodile ; à gauche, une rivière
rapide ; à droite, un précipice
hanté, comme je l'appris plus
tard, par des serpents venimeux !

Etourdi, stupéfié, — Hercule lui-même l'eût été dans

Sa tête avait pénétré jusque dans le gosier de l'autre bête.

une pareille circonstance, — je tombai à terre. La seule pensée qui occupait mon âme était l'attente du moment où je sentirais la pression des dents du lion furieux, ou bien l'étreinte des mâchoires du crocodile. Mais au bout de quelques secondes j'entendis un bruit violent et étrange, quoique je n'éprouvasse aucune douleur. Je lève doucement la tête et je vois, à ma grande joie, que le lion, emporté par l'élan qu'il avait pris pour se jeter sur moi, était tombé juste dans la gueule du crocodile. Sa tête avait pénétré jusque dans le gosier de l'autre bête, et il faisait de vains efforts pour se dégager. Je me relevai aussitôt, tirai mon coutelas, et d'un coup je tranchai la tête du lion, dont le corps vint rouler à mes pieds ; puis, avec la crosse de mon fusil, j'enfonçai sa tête aussi avant que je pus dans le gosier du crocodile, qui ne tarda pas à étouffer misérablement.

Quelques instants après que j'eus remporté cette éclatante victoire sur ces deux terribles ennemis, mon camarade arriva, inquiet de mon absence. Il me félicita chaudement, et nous mesurâmes le crocodile : il comptait quarante pieds de Paris et sept pouces de long.

Dès que nous eûmes raconté cette aventure extraordinaire au gouverneur, il envoya un chariot avec des gens pour chercher les deux animaux. Un pelletier de l'endroit me fit avec la peau du lion un certain nombre de blagues à tabac, dont je distribuai une partie à mes con-

naissances de Ceylan. Celles qui me restaient, j'en fis
hommage plus tard aux bourgmestres d'Amsterdam qui

voulurent absolument me faire en retour un cadeau de
mille ducats, que j'eus toutes les peines du monde à refuser.

La peau du crocodile fut empaillée suivant la méthode
ordinaire, et fait aujourd'hui le plus bel ornement du
Muséum d'Amsterdam, dont le gardien raconte mon his-

toire à chaque visiteur. Je dois dire cependant qu'il y
ajoute plusieurs détails de son invention, qui offensent
gravement la vérité et la vraisemblance. Par exemple, il
dit que le lion a traversé le
crocodile dans toute sa longueur, et qu'au moment où il
sortait par le côté opposé à
celui par lequel il était entré,
monsieur l'illustrissime baron
— c'est ainsi qu'il a coutume
de m'appeler — avait coupé,
en lui tranchant la tête, trois
pieds de queue au crocodile.

« Le crocodile, ajoute le
drôle, profondément humilié
de cette mutilation, se retourna,
arracha le coutelas des mains
de monsieur le baron, et l'avala
avec tant de fureur, qu'il se le fit passer droit à travers le
cœur, et en mourut instantanément. »

Je n'ai pas besoin de vous dire, messieurs, combien je
suis peiné de l'impudence de ce coquin. Dans le siècle de
scepticisme où nous vivons, les gens qui ne me connaissent
point pourraient être amenés, par suite de ces grossiers
mensonges, à révoquer en doute la vérité de mes aventures
réelles, chose qui lèse gravement un homme d'honneur.

12

CHAPITRE VII

DEUXIÈME AVENTURE DE MER

En l'année 1776, je m'embarquai à Portsmouth pour
l'Amérique du Nord, sur un vaisseau de guerre anglais
de premier rang, portant cent canons et quatorze cents
hommes d'équipage. Je pourrais vous raconter ici différentes aventures qui m'arrivèrent en Angleterre, mais je
les réserve pour une autre fois. Il en est une cependant

Le siège était occupé par un énorme cocher.

que je veux mentionner. J'eus une fois le plaisir de
voir passer le roi, se rendant en grande pompe au par-
lement, dans sa voiture de gala. Le siège était occupé
par un énorme cocher dans la barbe duquel se trouvaient très artistement découpées les armes d'Angleterre,
et, avec son fouet, il décrivait dans l'air, de la
façon la plus intelligible, le signe suivant :

Dans notre traversée, il ne nous arriva rien
d'extraordinaire. Le premier incident eut lieu à environ
trois cents milles du fleuve Saint-Laurent : notre vaisseau heurta avec une violence extrême contre quelque
chose qui nous sembla être un rocher.

Cependant, quand nous jetâmes la sonde, nous ne
trouvâmes pas le fond à cinq
cents brasses. Ce qui rendait
cet accident encore plus extraordinaire et plus incompréhensible, c'est que nous
avions du coup perdu notre
gouvernail ; notre beaupré
était cassé en deux, tous nos
mâts s'étaient fendus dans la
longueur, et deux s'étaient
abattus sur le pont. Un pauvre

diable de matelot, qui était occupé dans les agrès à serrer
la grand'voile, fut enlevé à plus de trois lieues du vaisseau

avant de tomber à l'eau. Heureusement, pendant ce trajet, il eut la présence d'esprit de saisir au vol la queue
d'une grue, ce qui non seulement diminua la rapidité
de sa chute, mais encore lui permit de nager jusqu'au
vaisseau en se prenant au cou de la bête.

Le choc avait été si
violent que tout l'équi-
page, qui se trouvait sur
le pont, fut lancé contre
le tillac. J'en eus, du
coup, la tête renfoncée dans les épaules, et il fallut

plusieurs mois avant qu'elle reprît sa
position naturelle. Nous nous trouvions
tous dans un état de stupéfaction et de
trouble difficile à décrire, lorsque l'apparition d'une énorme baleine qui som-
meillait sur la surface de l'Océan vint
nous donner l'explication de cet événement. Le monstre avait trouvé mauvais
que notre vaisseau l'eût heurté, et s'était
mis à donner de grands coups de queue
sur nos bordages ; dans sa colère, il
avait saisi dans sa bouche la maîtresse ancre qui se
trouvait, suivant l'usage, suspendue à l'arrière, et l'avait
emportée en entraînant notre vaisseau sur un parcours
de près de soixante milles, à raison de dix milles à l'heure.

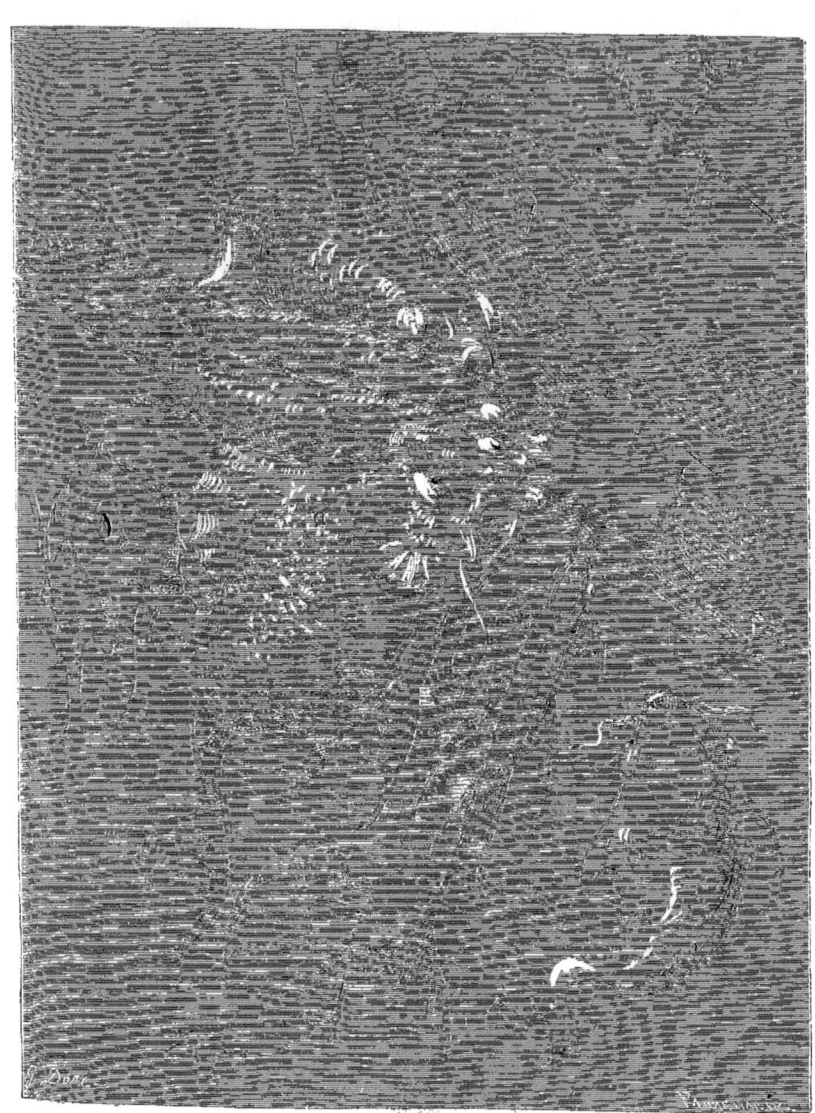

J'essayai de le boucher par tous les moyens connus.

Dieu sait où nous serions allés, si par bonheur le câble de notre ancre ne se fût rompu, de sorte que la baleine perdit notre vaisseau, et que nous, nous perdîmes notre ancre. Lorsque, plusieurs mois après, nous revînmes en Europe, nous retrouvâmes la même baleine presque à la même place : elle flottait morte, sur l'eau, et mesurait près d'un demi-mille de long. Nous ne pouvions prendre à bord qu'une petite partie de cette formidable bête : nous mîmes donc nos canots à la mer, et nous détachâmes à grand'peine la tête de la baleine : nous eûmes la satisfaction d'y retrouver non seulement notre ancre, mais encore quarante toises de câble qui s'étaient logés dans une dent creuse, placée à la gauche de sa mâchoire inférieure.

Ce fut l'unique événement intéressant qui marqua notre retour. — Mais non ! j'en oubliais un qui faillit nous être fatal à tous. Lorsque, à notre premier voyage, nous fûmes entraînés par la baleine, notre vaisseau prit une voie d'eau si large que toutes nos pompes n'eussent pu nous empêcher de couler bas en une demi-heure. Heureusement j'avais été le premier à m'apercevoir de l'accident : le trou mesurait au moins un pied de diamètre. J'essayai de le boucher par tous les moyens connus, mais en vain : enfin je parvins à sauver ce beau vaisseau et son nombreux équipage par la plus heureuse imagination du monde. Sans prendre le temps de retirer mes culottes,

13

je m'assis intrépidement dans le trou ; l'ouverture eût-
elle été beaucoup plus vaste, j'eusse encore réussi à la boucher ; vous ne vous en étonnerez pas, messieurs, quand
je vous aurai dit que je descends, en lignes paternelle
et maternelle, de familles hollandaises, ou au moins
westphaliennes. A la vérité, ma position sur ce trou
était assez humide, mais j'en fus bientôt tiré par les
soins du charpentier.

CHAPITRE VIII

TROISIÈME AVENTURE DE MER

Un jour, je fus en grand danger de périr dans la Méditerranée. Je me baignais par une belle après-midi d'été non loin de Marseille, lorsque je vis un grand poisson s'avancer vers moi, à toute vitesse, la gueule ouverte. Impossible de me sauver, je n'en avais ni le temps ni les moyens. Sans hésiter, je me fis aussi petit que possible je me pelotonnai en ramenant mes jambes et mes bras contre mon corps : dans cet état, je me glissai entre les mâchoires du monstre jusque dans son gosier. Arrivé là, je me trouvai plongé dans une obscurité complète, et dans une chaleur qui ne m'était pas désagréable. Ma présence dans son gosier le gênait singulièrement, et il n'aurait sans doute pas demandé mieux que de se débarrasser de moi : pour lui être plus insupportable encore, je me mis à marcher, à sauter, à danser, à me démener et à faire mille tours dans ma prison. La gigue écossaise entre autres paraissait lui être particulièrement désagréable : il poussait des cris lamentables, se dressait parfois tout debout en sortant de l'eau à mi-corps. Il fut surpris dans cet exercice par un bateau italien qui accourut, le harponna, et eut raison de lui au bout de quelques minutes. Dès qu'on l'eut amené à bord, j'entendis l'équipage qui se concertait sur les moyens de le dépecer de façon à en tirer le plus d'huile possible. Comme je comprenais l'italien, je fus pris d'un grande frayeur, craignant d'être découpé en compagnie de l'animal. Pour me mettre à l'abri de leurs couteaux, j'allai me placer au centre de l'estomac, où douze hommes eussent pu tenir aisément ; je supposais qu'ils attaqueraient l'ouvrage par les extrémités. Mais je fus bientôt rassuré, car ils commencèrent par ouvrir le ventre. Dès que je vis poindre un filet de jour, je me mis à crier à plein gosier combien il m'était agréable de voir ces messieurs et d'être tiré par eux d'une position où je n'eusse pas tardé à être étouffé.

Je ne pourrais vous décrire la stupéfaction qui se

Quand ils virent émerger un homme complètement nu.

peignit sur tous les visages lorsqu'ils entendirent une
voix humaine sortir des entrailles du poisson ; leur étonnement ne fit que s'accroître quand ils en virent émerger
un homme complètement nu. Bref, messieurs, je leur
racontai l'aventure telle que je vous l'ai rapportée ; ils en
rirent à en mourir.

Après avoir pris quelque rafraîchissement, je me jetai
à l'eau pour me laver et je nageai vers la plage, où je
retrouvai mes habits à la place où je les avais laissés.
Si je ne me trompe dans mon calcul, j'étais resté empri-
sonné environ trois quarts d'heure dans le corps de ce
monstre.

CHAPITRE IX

Lorsque j'étais encore au service de la Turquie, je m'amusais souvent à me promener sur mon yacht de plaisance dans la mer de Marmara, d'où l'on jouit d'un coup d'œil admirable sur Constantinople et sur le sérail du Grand Seigneur. Un matin, que je contemplais la beauté et la sérénité du ciel, j'aperçus dans l'air un objet

rond, gros à peu près comme une boule de billard, et
au-dessous duquel paraissait pendre quelque chose. Je

saisis aussitôt la meilleure et la plus longue de mes cara-
bines, sans lesquelles je ne sors ni ne voyage jamais;
je la chargeai à balle, et je tirai sur l'objet rond, mais je
ne l'atteignis pas. Je mis alors double charge: je ne fus

14

pas plus heureux. Enfin, au troisième coup, je lui envoyai
quatre ou cinq balles qui lui firent un trou dans le côté
et l'amenèrent.

Représentez-vous mon étonnement quand je vis tomber, à deux toises à peine de mon bateau, un petit chariot doré, suspendu à un énorme ballon, plus grand que
la plus grosse coupole. Dans le chariot se trouvait un
homme avec une moitié de mouton rôti. Revenu de

ma première surprise, je
formai avec mes gens un
cercle autour de ce sin-
gulier groupe.

L'homme, qui me sem-
bla un Français et qui l'était
en effet, portait à la poche
de son gilet une couple de
belles montres avec des
breloques, sur lesquelles
étaient peints des portraits
de grands seigneurs et de
grandes dames. A chacune
de ses boutonnières était
fixée une médaille d'or d'au
moins cent ducats, et à cha-

cun de ses doigts brillait une bague précieuse garnie de
diamants. Les sacs d'or dont regorgeaient ses poches fai-

saient traîner jusqu'à terre les basques de son habit.

— Mon Dieu! pensai-je, cet homme doit avoir rendu des services extraordinaires à l'humanité pour que, par la ladrerie qui court, les grands personnages l'aient accablé de tant de cadeaux.

La rapidité de la chute l'avait tellement étourdi, qu'il fut quelque temps avant de pouvoir parler. Il finit cependant par se remettre et raconta ce qui suit :

— Je n'ai pas eu, il est vrai, assez de tête, ni assez de science pour imaginer cette façon de voyager; mais j'ai eu le premier l'idée de m'en servir pour humilier les danseurs de corde et sauteurs ordinaires, et m'élever plus haut qu'eux. Il y a sept ou huit jours, — je ne sais au juste, car j'ai perdu la notion du temps, — je fis une

ascension à la pointe de Cornouailles, en Angleterre,

emportant un mouton, afin de le lancer de haut en bas pour divertir les spectateurs. Malheureusement le vent tourna dix minutes environ après mon départ, et, au lieu de me mener du côté d'Exeter, où je comptais descendre, il me poussa vers la mer, au-dessus de laquelle j'ai flotté longtemps à une hauteur incommensurable.

Je m'applaudis alors de ne pas avoir fait mon tour avec mon mouton; car, le troisième jour, la faim m'obligea à tuer la pauvre bête. Comme j'avais dépassé depuis longtemps la lune, et qu'au bout de soixante-dix heures j'étais arrivé si près du soleil que les sourcils m'en avaient brûlé, je plaçai le mouton, préalablement écorché, du côté où le soleil donnait avec plus de force, si bien qu'en trois quarts d'heure il fut convenablement rôti : c'est de cela que j'ai vécu pendant tout mon voyage.

La cause de ma longue course doit être attribuée à la rupture d'une corde qui communiquait à une soupape placée à la partie inférieure de mon ballon et destinée à laisser échapper l'air inflammable. Si vous n'aviez pas tiré sur mon ballon et ne l'aviez pas crevé, j'aurais pu rester, comme Mahomet, suspendu entre ciel et terre jusqu'au jugement dernier.

Il fit généreusement cadeau de son chariot à mon pilote qui était au gouvernail, et jeta à la mer le reste du mouton. Quant au ballon, déjà endommagé par mes balles, la chute avait achevé de le mettre en pièces.

CHAPITRE X

CINQUIÈME AVENTURE DE MER

Puisque nous avons le temps, messieurs, de vider encore une bouteille de vin frais, je vais vous raconter une histoire fort singulière qui m'arriva peu de mois avant mon retour en Europe.

Le Grand Seigneur, auquel j'avais été présenté par les ambassadeurs de LL. MM. les empereurs de Russie et d'Autriche, ainsi que par celui du roi de France, m'envoya au Caire pour une mission de la plus haute importance et qui devait être accomplie de manière à rester éternellement secrète.

Je me mis en route en grande pompe et accompagné d'une nombreuse suite. En chemin, j'eus l'occasion d'augmenter ma domesticité de quelques sujets fort intéressants : me trouvant à quelques milles à peine de Constantinople, j'aperçus un homme grêle et maigre qui courait en droite ligne à travers champs, avec une extrême rapidité, quoiqu'il portât attachée à chaque pied une masse de plomb pesant au moins cinquante livres. Saisi d'étonnement, je l'appelai et lui dis :

— Où vas-tu si vite, mon ami, et pourquoi t'alourdir d'un tel poids ?

— J'ai quitté Vienne il y a une demi-heure, me répondit-il ; j'y étais domestique chez un grand seigneur qui vient de me donner mon congé. N'ayant plus besoin de ma célérité, je l'ai modérée au moyen de ces poids ; car la modération fait la durée, comme avait coutume de le dire mon précepteur.

Ce garçon me plaisait assez. Je lui demandai s'il voulait entrer à mon service, et il accepta aussitôt. Nous nous remîmes en route, et traversâmes beaucoup de villes, parcourûmes beaucoup de pays.

En chemin, j'avisai, non loin de la route, un individu étendu immobile sur une pelouse : on eût dit qu'il dormait. Il n'en était rien cependant, car il tenait son oreille

collée contre terre, comme s'il eût voulu écouter parler
les habitants du monde souterrain.

— Qu'écoutes-tu donc ainsi, mon ami ? lui criai-je.

— J'écoute pousser l'herbe, pour passer le temps,
répliqua-t-il.

— Et tu l'entends pousser ?

— Oh! bagatelle que cela.

— Entre donc à mon service, mon ami ; qui sait s'il
ne fait pas bon parfois avoir l'oreille fine ?

Mon drôle se releva et me suivit.

Non loin de là, je vis sur une colline un chasseur
qui ajustait son fusil et qui tirait dans le bleu du ciel.

— Bonne chance! bonne chance, chasseur! lui criai-je; mais sur quoi tires-tu? Je ne vois rien que le bleu du ciel.

— Oh! répondit-il, j'essaye cette carabine qui me vient de chez Kuchenreicher, de Ratisbonne. Il y avait là-bas, sur la flèche de Strasbourg, un moineau que je viens d'abattre.

Ceux qui connaissent ma passion pour les nobles

plaisirs de la chasse ne s'étonneront pas si je leur dis que je sautai au cou de cet excellent tireur. Je n'épargnai rien pour le prendre à mon service : cela va de soi.

Nous poursuivîmes notre voyage et nous atteignîmes enfin le mont Liban. Là nous trouvâmes, devant une grande forêt de cèdres, un homme court et trapu, attelé à une corde qui enveloppait toute la forêt.

— Qu'est-ce que tu tires là, mon ami? demandai-je à ce drôle.

— J'étais venu pour couper du bois de construction, et, comme j'ai oublié ma hache à la maison, je tâche de me tirer d'affaire du mieux que je puis.

En disant cela, il abattit d'un seul coup toute la forêt, qui mesurait bien un mille carré, comme si c'eût été un

bouquet de roseaux. Vous devinez facilement ce que je
fis. J'eusse sacrifié mon traitement d'ambassadeur, plutôt
que de laisser échapper ce gaillard-là.

Au moment où nous mîmes le pied sur le territoire
égyptien, il s'éleva un ouragan si formidable que j'eus un
instant peur d'être renversé avec mes équipages, mes gens
et mes chevaux, et d'être emporté dans les airs. A gauche
de la route il y avait une file de sept moulins dont les
ailes tournaient aussi vite que le rouet de la plus active

fileuse. Non loin de là se trouvait un personnage d'une
corpulence digne de John Falstaff, et qui tenait son index
appuyé sur sa narine droite. Dès qu'il eut aperçu notre
détresse et vu comme nous nous débattions misérablement dans l'ouragan, il se tourna vers nous, et tira res-

pectueusement son chapeau avec le
geste d'un mousquetaire qui se dé-
couvre devant son colonel. Le vent
était tombé comme par enchantement, et les sept moulins restaient
immobiles. Fort surpris de cette circonstance qui ne me semblait pas
naturelle, je criai à l'homme :

— Hé! drôle! qu'est-ce là? As-tu
le diable au corps, ou es-tu le diable en personne?

— Pardonnez-moi, Excellence, répondit-il; je fais un
peu de vent pour mon maître le meunier; de peur de
faire tourner ses moulins trop fort, je m'étais bouché
une narine.

— Parbleu, me dis-je à moi-même, voilà un précieux
sujet : ce gaillard-là te servira merveilleusement, lorsque,
de retour chez toi, l'haleine te manquera pour raconter
les aventures extraordinaires qui te sont arrivées dans
tes voyages.

Nous eûmes bientôt conclu notre marché. Le souffleur
quitta ses moulins et me suivit.

De peur de faire tourner ses moulins trop fort, je m'étais bouché une narine.

Il était temps que nous arrivassions au Caire. Dès
que j'y eus accompli ma mission selon mes désirs, je
résolus de me défaire de ma suite, maintenant inutile,
à l'exception de mes nouvelles acquisitions, et de m'en
retourner seul avec ces derniers, en simple particulier.
Comme le temps était magnifique et le Nil plus admirable qu'on ne peut le dire, j'eus la fantaisie de louer

une barque et de remonter jusqu'à Alexandrie. Tout
alla pour le mieux jusqu'au milieu du troisième jour.

Vous avez sans doute entendu parler, messieurs, des
inondations annuelles du Nil. Le troisième jour, comme
je viens de vous le dire, le Nil commença à monter avec
une extrême rapidité, et le lendemain toute la campagne

était inondée sur plusieurs milles de chaque côté. Le
cinquième jour, après le coucher du soleil, ma barque
s'embarrassa dans quelque chose que je pris pour des
roseaux. Mais le lendemain matin, quand il fit jour,
nous nous trouvâmes entourés d'amandiers chargés de
fruits parfaitement mûrs et excellents à manger. La sonde
nous indiqua soixante pieds au-dessus du fond : il n'y

avait moyen ni de reculer, ni d'avancer. Vers huit ou
neuf heures, autant que j'en pus juger d'après la hauteur du soleil, il survint une rafale qui coucha notre
bateau sur le côté : il embarqua une masse d'eau et
coula presque immédiatement.

Heureusement nous réussîmes à nous sauver tous, —

nous étions huit hommes et deux enfants, — en nous
accrochant aux arbres dont les branches, assez fortes pour

nous soutenir, ne l'étaient pas assez pour supporter notre
barque. Nous restâmes trois jours dans cette position,
vivant exclusivement d'amandes ; je n'ai pas besoin de vous
dire que nous avions en abondance de quoi apaiser notre
soif. Vingt-trois jours après notre accident, l'eau commença à baisser avec autant de rapidité qu'elle avait monté,
et le vingt-sixième jour nous pûmes mettre pied à terre.
Le premier objet qui frappa nos yeux fut notre barque.
Elle gisait environ à deux cents toises de l'endroit où
elle avait coulé bas. Après avoir fait sécher au soleil nos
affaires qui en avaient grand besoin, nous prîmes dans
les provisions de la barque ce qui nous était nécessaire,
et nous nous remîmes en marche pour retrouver notre
route. D'après les calculs les plus exacts, je comptai que
nous avions été entraînés dans les terres à plus de cinquante mille hors de notre chemin. Au bout de sept

jours nous atteignîmes le fleuve qui était rentré dans son
lit, et racontâmes notre aventure à un bey. Il pourvut
à tous nos besoins avec une extrême courtoisie, et mit

sa propre barque à notre disposition. Six journées de
voyage nous amenèrent à Alexandrie, où nous nous
embarquâmes pour Constantinople. Je fus reçu avec

une distinction particulièrement gracieuse par le Grand

Sa Hautesse me permit de choisir autant de dames que je voudrais.

Seigneur, et j'eus l'honneur de voir le harem où Sa
Hautesse me conduisit elle-même et me permit de choisir
autant de dames que je voudrais, sans en excepter ses
favorites.

N'ayant pas coutume de me vanter de mes aventures
galantes, je termine ici ma narration, en vous souhai-
tant à tous une bonne nuit.

CHAPITRE XI

Ayant terminé le récit de son voyage en Égypte, le baron se disposa à aller se coucher, juste au moment où l'attention légèrement fatiguée de son auditoire se réveillait à ce mot de *harem*. On aurait bien voulu avoir des détails sur cette partie de ses aventures, mais le baron fut inflexible ; cependant, pour satisfaire aux bruyantes insistances de ses amis, il consentit à leur raconter quelques traits de ses singuliers domestiques, et continua en ces termes :

Depuis mon retour d'Egypte, je faisais la pluie et le beau temps chez le Grand Seigneur. Sa Hautesse ne pouvait vivre sans moi, et me priait tous les jours à dîner et à souper chez lui. Je dois avouer, messieurs, que

l'empereur des Turcs est de tous les potentats du monde
celui qui fait la meilleure chère, quant au manger du
moins; car, pour ce qui est de la boisson, vous savez
que Mahomet interdit le vin à ses
fidèles. Il ne faut donc pas songer
à boire un bon verre de ce liquide
quand on dîne chez un Turc. Mais
pour ne pas se pratiquer ouvertement, la chose n'en a pas moins
lieu fréquemment en secret; et en
dépit du Coran, plus d'un Turc
s'entend aussi bien qu'aucun prélat
allemand à vider une bouteille.
C'était le cas de Sa Hautesse.

A ces dîners auxquels assistait habituellement le surin-
tendant général, c'est-à-dire le mufti *in partem salarii* qui
disait le *Benedicite* et les *Grâces* au commencement et à la
fin du repas, il n'était point question de vin. Mais lorsqu'on se levait de table, un bon petit flacon attendait Sa
Hautesse dans son cabinet. Un jour le Grand Seigneur
me fit signe de l'y suivre. Lorsque nous nous y fûmes
enfermés, il tira une bouteille d'une armoire, et me dit:

—Münchhausen, je sais que vous autres chrétiens vous
vous connaissez en bon vin. Voici une bouteille de tokay,
la seule que je possède, et je suis sûr que de votre vie
vous n'en avez goûté de meilleur.

Sur quoi Sa Hautesse remplit son verre et le mien : nous trinquâmes, et nous bûmes.

— Hein! reprit-il, que dites-vous de celui-là? C'est du superfin, cela!

— Ce petit vin est bon, répondis-je. Mais, avec la permission de Votre Hautesse, je dois lui dire que j'en

ai bu de bien meilleur à Vienne, chez l'auguste empereur Charles VI. Mille tonnerres! je voudrais que vous l'eussiez goûté!

— Cher Münchhausen, répliqua-t-il, je ne veux pas

vous blesser ; mais je crois qu'il est impossible de trouver de meilleur tokay : je tiens cette unique bouteille
d'un seigneur hongrois qui en faisait le plus grand cas.

— Plaisanteries que tout cela, monseigneur ! Il y a
tokay et tokay ! Messieurs les Hongrois d'ailleurs ne
brillent pas par la générosité. Combien pariez-vous que
d'ici à une heure je vous procure une bouteille de tokay,
tirée de la cave impériale de Vienne, et qui aura une
tout autre figure que celle-ci ?

— Münchhausen, je crois que vous extravaguez.

— Je n'extravague point : dans une heure je vous
apporte une bouteille de tokay prise dans la cave des
empereurs d'Autriche, et d'un tout
autre numéro que cette piquette-là.

—Münchhausen! Münchhausen!
vous voulez vous moquer de moi,
cela ne me plaît point. Je vous ai
toujours connu pour un homme
raisonnable et véridique, mais vraiment je suis tenté de croire que
vous battez la campagne.

— Eh bien! que Votre Hautesse
accepte le pari. Si je remplis mon engagement, — et
vous savez que je suis ennemi juré des hâbleries, — Votre
Hautesse sera libre de me faire couper la tête : et ma tête
n'est pas une citrouille! Voilà mon enjeu, quel est le vôtre?

— Tope! j'accepte, dit l'empereur. Si au coup de
quatre heures la bouteille n'est pas là, je vous ferai
couper la tête sans miséricorde : car je n'ai pas l'habi-

tude de me laisser jouer, même par mes meilleurs amis.
Par contre, si vous accomplissez votre promesse, vous
pourrez prendre dans mon trésor autant d'or, d'argent,
de perles et de pierres précieuses que l'homme le plus
fort en pourra porter.

— Voilà qui est parler, répondis-je.

Je demandai une plume et de l'encre, et j'écrivis à
l'impératrice-reine Marie-Thérèse le billet suivant :

« Votre Majesté a sans doute, en sa qualité d'héri-
« tière universelle de l'empire, hérité de la cave de
« son illustre père. Oserai-je la supplier de remettre
« au porteur une bouteille de ce tokay dont j'ai bu si
« souvent avec feu son père ? Mais du meilleur, car il
« s'agit d'un pari ! Je saisis cette occasion pour assurer
« Votre Majesté du profond respect avec lequel j'ai
« l'honneur d'être, etc., etc.

« Baron de Munchhausen. »

Comme il était déjà trois heures et cinq minutes, je
remis ce billet sans le cacheter à mon coureur, qui

détacha ses poids et se mit immédiatement en route
pour Vienne.

Cela fait, nous bûmes, le Grand Seigneur et moi, le
reste de la bouteille, en attendant celle de Marie-Thérèse.
Trois heures un quart sonnèrent, trois heures et demie,
quatre heures moins un quart, et le coureur ne revenait
pas. J'avoue que je commençais à être assez mal à mon
aise, d'autant plus que je voyais Sa Hautesse diriger de
temps en temps les yeux sur le cordon de la sonnette,
pour appeler le bourreau. Il m'accorda cependant la
permission de descendre dans le jardin pour prendre un
peu l'air, escorté toutefois de deux muets qui ne me
perdaient pas de vue. L'aiguille marquait la cinquante-
cinquième minute après trois heures : j'étais dans une

17

angoisse mortelle, — c'était le cas de le dire. — J'envoyai chercher immédiatement mon écouteur et mon tireur. Ils arrivèrent aussitôt ; mon écouteur se coucha à terre pour entendre si mon coureur ne venait pas : à mon grand désespoir, il m'annonça que le drôle se trouvait fort

loin de là profondément endormi et ronflant de tous ses poumons. A peine mon brave tireur eut-il appris cela, qu'il courut sur une terrasse élevée, et, se dressant sur ses pointes pour mieux voir, s'écria : « Sur mon âme ! je le vois, le paresseux : il est couché au pied d'un chêne, aux environs de Belgrade, avec la bouteille à côté de lui. Attendez, je vais le chatouiller un peu. » En même temps il ajusta sa carabine, et envoya la charge en plein dans le feuillage de l'arbre. Une grêle de glands, de branches et de feuilles s'abattit sur le dormeur ; craignant d'avoir reposé trop longtemps, il reprit sa course avec une telle rapidité qu'il arriva au cabinet du sultan avec la bouteille de tokay et un billet autographe de Marie-Thérèse, à trois heures cinquante-neuf minutes et demie.

Saisissant aussitôt la bouteille, le noble gourmet se mit à la déguster avec une indicible volupté.

— Münchhausen, me dit-il, vous ne trouverez point mauvais que je garde ce flacon pour moi tout seul. Vous avez à Vienne plus de crédit que moi, et vous êtes plus à même d'en obtenir un second.

Là-dessus, il enferma la bouteille dans son armoire, mit la clef dans la poche de son pantalon, et sonna son trésorier. — Quel ravissant tintement !

— Il faut maintenant que je paye ma gageure, reprit-il. Ecoute, dit-il au trésorier, tu laisseras mon ami Münchhausen prendre dans mon trésor autant d'or, de perles et de pierres précieuses que l'homme le plus fort en pourra porter. Va !

Le trésorier s'inclina le nez jusqu'à terre devant son maître, qui me serra cordialement la main et nous congédia tous deux.

Vous pensez bien que je ne tardai pas une seconde à faire exécuter l'ordre que le sultan avait donné en ma faveur; j'envoyai chercher mon homme fort qui apporta sa grosse corde de chanvre, et me rendis au trésor. Je vous assure que lorsque j'en sortis avec mon serviteur, il n'y restait plus grand'chose. Je courus incon-

tinent avec mon butin au port, où
j'affrétai le plus grand bâtiment que
je pus trouver, et je fis lever l'ancre,
afin de mettre mon trésor en sûreté
avant qu'il ne me survînt quelque
désagrément.

Ce que je craignais ne manqua
pas d'arriver. Le trésorier, laissant
ouverte la porte du trésor, — il était
assez superflu de la refermer, — s'était
rendu en toute hâte chez le Grand

Seigneur, et lui avait annoncé de quelle façon j'avais
profité de sa libéralité. Sa Hautesse en était restée tout

abasourdie, et s'était prise à se repentir de sa précipitation. Elle avait ordonné au grand amiral de me pour-

Ces drôles ne se firent aucun scrupule de me dépouiller.

suivre avec toute la flotte, et de me faire comprendre
qu'elle n'avait point entendu la gageure de cette façon.
Je n'avais que deux milles d'avance, et lorsque je vis
la flotte de guerre turque courir sur moi toutes voiles
dehors, j'avoue que ma tête, qui commençait à se raffer-
mir sur mes épaules, se remit à branler plus fort que
jamais. Mais mon souffleur était là.

— Que Votre Excellence soit sans inquiétude, me
dit-il.

Il se posta à l'arrière du bâtiment, de façon à avoir
une de ses narines dirigée sur la flotte turque et l'autre
sur nos voiles; puis il se mit à souffler avec une telle
violence que la flotte fut refoulée dans le port avec bris

de mâts, de cordages et d'agrès, et qu'en même temps
mon navire atteignit en quelques heures les côtes d'Italie.

Je ne tirai cependant pas grand profit de mon
trésor. Car, malgré les affirmations contraires de M. le
bibliothécaire Jagemann de Weimar, la mendicité est si
grande en Italie et la police si mal faite, que je dus
distribuer en aumômes la plus grande partie de mon
bien. Le reste me fut pris par des voleurs de grand chemin, aux environs de Rome, sur le territoire de Lorette.
Ces drôles ne se firent aucun scrupule de me dépouiller
ainsi, car la millième partie de ce qu'ils me volèrent
eût suffi à acheter à Rome une indulgence plénière
pour toute la compagnie et ses descendants et arrière-
descendants.

Mais voici, messieurs, l'heure où j'ai l'habitude de
m'aller coucher. Ainsi donc, bonne nuit!

CHAPITRE XII

SEPTIÈME AVENTURE DE MER
RÉCITS AUTHENTIQUES D'UN PARTISAN QUI PRIT LA PAROLE
EN L'ABSENCE DU BARON

Après avoir raconté l'aventure qui précède, le baron se retira, laissant la société en belle humeur; en sortant, il promit de donner à la première occasion les aventures de son père, jointes à d'autres anecdotes des plus merveilleuses.

Comme chacun disait son mot sur les récits du baron, une des personnes de la société, qui l'avait accompagné dans son voyage en Turquie, rapporta qu'il existait non

loin de Constantinople une pièce de canon énorme,
dont le baron Tott a fait mention dans ses Mémoires.
Voici à peu près, autant que je m'en souviens, ce qu'il
en dit :

« Les Turcs avaient posé sur la citadelle, non loin
de la ville, au bord du célèbre fleuve le Simoïs, un
formidable canon. Il était coulé en bronze, et lançait
des boulets de marbre d'au moins onze cents livres.
J'avais grand désir de tirer ce canon, dit le baron Tott,
pour juger de son effet. Toute l'armée tremblait à la
pensée de cet acte audacieux, car on tenait pour certain
que la commotion ferait crouler la citadelle et la ville
entière. J'obtins cependant la permission que je deman-
dais. Il ne fallut pas moins de trois cent trente livres
de poudre pour charger la pièce ; le boulet que j'y mis
pesait, comme je l'ai dit plus haut, onze cents livres.
Au moment où le canonnier approcha la mèche, les
curieux qui m'entouraient se reculèrent à une distance
respectueuse. J'eus toutes les peines du monde à per-
suader au pacha, qui assistait à l'expérience, qu'il n'y
avait rien à redouter. Le canonnier lui-même, qui devait
sur mon signal mettre le feu à la pièce, était extrêmement
ému. Je me postai derrière la place, dans un réduit ; je
donnai le signal, et au même instant je ressentis une
secousse pareille à celle que produirait un tremblement
de terre. A environ trois cents toises le boulet éclata en

trois morceaux qui volèrent par-dessus le détroit, refou-
lèrent les eaux sur la rive, et couvrirent d'écume le canal,
tout large qu'il était. »

Tels sont, messieurs, si ma mémoire me sert bien,
les détails que donne le baron Tott sur le plus grand
canon qu'il y ait au monde. Lorsque je visitai ce pays
avec le baron de Munchhausen, l'histoire du baron Tott
était encore citée comme un exemple inouï de courage
et de sang-froid.

Mon protecteur, qui ne pouvait supporter qu'un Français fît plus et mieux que lui, prit le canon sur son
épaule et, après l'avoir placé bien en équilibre, sauta
droit dans la mer, et nagea jusqu'à l'autre bord du canal.
Malheureusement il eut la fâcheuse idée de lancer le
canon dans la citadelle et de le renvoyer à sa première
place ; je dis malheureusement, parce qu'il lui glissa de
la main au moment où il le balançait pour le jeter : de
sorte que la pièce tomba dans le canal, où elle repose
encore et où elle reposera probablement jusqu'au jour
du jugement dernier.

Ce fut cette affaire, messieurs, qui brouilla complètement le baron avec le Grand Seigneur. L'histoire du
trésor était depuis longtemps oubliée, car le sultan possédait assez de revenus pour remplir à nouveau sa caisse,
et c'était sur une invitation directe du Grand Seigneur
que le baron se trouvait en ce moment en Turquie. Il

y serait probablement encore si la perte de cette célèbre
pièce de canon n'avait mécontenté le souverain à ce
point qu'il donna l'ordre irrévocable de trancher la tête
au baron.

Mais une certaine sultane, qui avait pris mon maître
en grande amitié, l'avertit de cette sanguinaire résolution :

bien plus, elle le tint caché
dans sa chambre, tandis que
l'officier chargé de l'exécu-
tion le cherchait de tous côtés. La nuit suivante, nous
nous enfuîmes à bord d'un
bâtiment qui mettait à la
voile pour Venise, et nous
échappâmes heureusement
à cet affreux danger.

Le baron n'aime pas à
parler de cette histoire, parce que cette fois il ne réussit pas à exécuter ce qu'il avait entrepris, et aussi parce
qu'il faillit y laisser sa peau. Cependant, comme elle n'est
nullement de nature à blesser son honneur, j'ai coutume
de la raconter quand il a le dos tourné.

Maintenant, messieurs, vous connaissez à fond le
baron de Münchhausen, et j'espère que vous n'avez plus
aucun doute à élever à l'endroit de sa véracité ; mais
afin que vous ne puissiez point non plus soupçonner

la mienne, il faut que je vous dise en peu de mots qui
je suis.

Mon père était originaire de Berne en Suisse. Il y
exerçait l'emploi d'inspecteur des rues, allées, ruelles et
ponts; ces sortes de fonctionnaires portent dans cette
ville le titre, le titre... hum!... le titre de balayeurs. Ma
mère, native des monta-
gnes de la Savoie, portait
au cou un goitre d'une
grosseur et d'une beauté
remarquables, ce qui
n'est pas rare chez les
dames de ce pays. Elle
abandonna fort jeune
ses parents, et sa bonne
étoile l'amena dans la
ville où mon père avait

reçu le jour. Elle vagabonda quelque peu : mon père
ayant parfois le défaut analogue, ils se rencontrèrent un
jour dans la maison de détention.

Ils devinrent amoureux l'un de l'autre et se marièrent.
Cette union ne fut pas heureuse; mon père ne tarda
pas à quitter ma mère en lui assignant pour toute pen-
sion alimentaire le revenu d'une hotte de chiffonnier
qu'il lui mit sur le dos. La brave femme s'attacha à une
troupe ambulante qui montrait des marionnettes ; la for-

tune finit par la conduire à Rome, où elle établit un
commerce d'huîtres.

Vous avez sans doute entendu parler du pape Gan-
ganelli, connu sous le nom de Clément XIV, et vous
savez combien il aimait les huîtres. Un vendredi qu'il allait
en grande pompe dire la messe à l'église de Saint-Pierre,
il aperçut les huîtres de ma mère, — elles étaient remar-
quablement belles et extrêmement fraîches, m'a-t-elle dit
souvent, — et ne put fait autrement que de s'arrêter
pour en goûter ; il fit faire halte aux cinq cents personnes
qui le suivaient, et envoya dire à l'église qu'il ne pourrait
pas célébrer la messe ce matin-là. Il descendit de cheval,
— car les papes vont à cheval dans les grandes occasions,
— entra dans la boutique de ma mère, et avala toutes
les huîtres qui s'y trouvaient ; mais comme il y en avait
encore à la cave, il appela sa suite qui épuisa complètement la provision : le pape et ses gens restèrent jusqu'au soir, et avant de partir ils l'accablèrent d'indul-
gences non seulement pour ses fautes passées et présentes,
mais encore pour tous ses péchés à venir.

Maintenant, messieurs, vous me permettrez de ne pas
vous expliquer plus clairement ce que j'ai de commun
avec cette histoire d'huîtres : je pense que vous m'avez
suffisamment compris pour être fixé sur ma naissance.

CHAPITRE XIII

LE BARON REPREND SON RÉCIT

Comme on peut bien le penser, les amis du baron ne cessaient de le supplier de continuer le récit aussi instructif qu'intéressant de ses singulières aventures; mais ces prières restèrent longtemps inutiles. Le baron avait la louable habitude de ne rien faire qu'à sa fantaisie, et l'habitude plus louable encore de ne se laisser détourner sous aucun prétexte de ce principe bien arrêté. Enfin le soir tant désiré arriva, et un gros

rire du baron annonça à ses amis que l'inspiration était
venue, et qu'il allait satisfaire à leurs instances :

« Conticuere omnes, intentique ora tenebant; »

ou pour parler plus clairement, tout le monde se tut
et tendit une oreille attentive. Semblable à Énée, Münchhausen, se soulevant sur le sofa bien rembourré, commença ainsi :

Pendant le dernier siège de Gibraltar, je m'embarquai
sur une flotte commandée par lord Rodney et destinée
à ravitailler cette forteresse ; je voulais rendre visite à

mon vieil ami le général Elliot,
qui gagna à la défense de cette
place des lauriers que le temps
ne pourra flétrir. Après avoir
donné quelques instants aux premiers épanchements de l'amitié,
je parcourus la forteresse avec
le général, afin de reconnaître
les travaux et les dispositions
de l'ennemi. J'avais apporté de
Londres un excellent télescope
à miroir, acheté chez Dollon. Grâce à cet instrument, je
découvris que l'ennemi pointait sur le bastion où nous
nous trouvions une pièce de trente-six. Je le dis au
général, qui vérifia le fait et vit que je ne me trompais pas.

Je parcourus la forteresse avec le général.

Avec sa permission, je me fis apporter une pièce de quarante-huit prise à la batterie voisine, et je la

pointai si juste, — car pour ce qui est de l'artillerie, je puis dire sans me vanter que je n'ai pas encore trouvé mon maître, — que j'étais sûr d'atteindre mon but.

J'observai alors avec la plus grande attention les mouvements des canonniers ennemis, et, au moment où ils approchaient la mèche de la lumière, je donnai aux nôtres le signal de faire feu : les deux boulets parvenus à moitié de leur trajet se rencontrèrent et se heurtèrent avec une violence terrible qui produisit un effet des plus surprenants. Le boulet ennemi retourna si vivement sur ses pas, que non seulement il broya la tête du canonnier

qui l'avait envoyé, mais qu'encore il décapita seize autres
soldats qui s'enfuyaient vers la côte d'Afrique. Avant

d'atteindre le pays de Barbarie, il coupa le grand mât
de trois vaisseaux qui se trouvaient dans le port rangés
en ligne les uns derrière les autres, pénétra à deux
cents milles anglais dans l'intérieur des terres, effondra
le toit d'une hutte de paysan, et, après avoir enlevé à
une pauvre vieille qui y dormait sur le dos la seule

dent qui lui restait, s'arrêta enfin
dans son gosier. Son mari, ren-
trant quelques instants après,
essaya de retirer le boulet : n'y
pouvant réussir, il eut l'heureuse
idée de l'enfoncer avec un maillet
dans l'estomac de sa femme, d'où
il sortit quelque temps après par
la méthode naturelle.

Ce ne fut pas là le seul service
que nous rendit notre boulet : il ne se contenta pas
de refouler de la façon que je viens de raconter celui

de l'ennemi; mais, continuant son chemin, il enleva de
sur son affût la pièce pointée contre nous et la lança
avec une telle violence dans la coque d'un bâtiment,

que ce dernier prit une voie d'eau énorme et sombra
peu à peu avec un millier de matelots et un grand
nombre de soldats de marine qui s'y trouvaient.

Ce fut sans contredit un fait extraordinaire. Je ne
veux cependant pas me l'attribuer à moi seul : il est vrai
que l'honneur de l'idée première en revient à ma saga-
cité, mais le hasard me seconda dans une certaine pro-
portion. Ainsi je m'aperçus, la chose faite, que notre
pièce de quarante-huit avait reçu double charge de
poudre; de là l'effet merveilleux produit sur le boulet
ennemi, et la portée extrême de notre projectile.

Le général Elliot, pour me récompenser de ce service signalé, m'offrit un brevet d'officier que je refusai, me contentant des remercîments qu'il me fit le soir même à dîner, en présence de tout son état-major.

Comme je suis fort porté pour les Anglais, qui sont un peuple vraiment brave, je me mis dans la tête de ne pas quitter cette forteresse sans avoir rendu un nouveau service à ceux qui la défendaient; trois semaines après

l'affaire du canon de quarante-huit, il se présenta enfin
une bonne occasion.

Je me déguisai en prêtre catholique, sortis de la
forteresse vers une heure du matin, et
réussis à pénétrer dans le camp de
l'ennemi à travers ses lignes. Je me
rendis à la tente où le comte d'Artois
avait réuni les chefs de corps et un
grand nombre d'officiers pour leur
communiquer le plan d'attaque de la
forteresse, à laquelle il voulait donner
l'assaut le lendemain. Mon déguise-
ment me protégea si bien, que personne
ne pensa à me repousser et que je
pus écouter tranquillement tout ce qui
se dit. Le conseil fini, ils allèrent se
coucher, et je vis bientôt l'armée en-

tière, tout le camp, jusqu'aux sentinelles, plongé dans

le plus profond sommeil. Je me mis aussitôt à l'œuvre :
je démontai tous leurs canons au nombre de plus de

trois cents, depuis les pièces de quarante-huit jusqu'à celles de vingt-quatre, et je les jetai à la mer, où ils tombèrent à environ trois mille de là : comme je n'avais personne pour m'aider, je puis dire que c'est le travail

le plus pénible que j'aie jamais accompli, à l'exception d'un seul cependant qu'on vous a fait connaître en mon absence : je veux parler de l'énorme canon turc décrit par le baron Tott et avec lequel je traversai le canal à la nage.

Cette opération terminée, je transportai tous les affûts et tous les caissons au milieu du camp, et, de peur que le roulement des roues ne réveillât les gens, je les pris deux à deux sous les bras. Cela faisait un beau tas, aussi élevé pour le moins que les rochers de Gibraltar. Je

saisis alors un fragment d'une pièce de fer de quarante-huit, et me procurai du feu en le frappant contre un pan de mur, reste d'une construction mauresque, et qui était enterré de vingt pieds au moins : j'allumai une mèche et mis le feu au tas. J'oubliais de vous dire que j'avais jeté sur le sommet toutes les munitions de guerre.

Comme j'avais eu soin de placer dans le bas les matières les plus combustibles, la flamme s'élança bientôt haute et éclatante. Pour écarter de moi tout soupçon,

20

je fus le premier à donner l'alarme. Comme vous pouvez le penser, le camp se trouva saisi d'épouvante ; on supposa, pour expliquer ce désastre, que les gens de la forteresse avaient fait une sortie, tué les sentinelles, et étaient ainsi parvenus à détruire l'artillerie.

M. Drinkwater, dans la relation qu'il a faite de ce siège célèbre, parle bien d'une grande perte éprouvée par l'ennemi à la suite d'un incendie, mais il n'a pas su à quoi en attribuer la cause : cela, du reste, ne lui était guère possible, car — bien que j'aie, à moi tout seul, dans cette nuit, sauvé Gibraltar — je n'ai mis personne dans ma confidence, pas même le général Elliot. Le comte d'Artois, pris d'une panique, s'enfuit avec tous ses gens, et, sans s'arrêter en route, arriva d'une traite à Paris. La terreur que leur avait inspirée ce désastre fut telle, qu'ils ne purent manger de trois mois, et vécurent simplement de l'air du temps, à la façon des caméléons.

Environ deux mois après que j'eus rendu cet éclatant service aux assiégés, je me trouvais à déjeuner avec le général Elliot, quand tout à coup une bombe — je n'avais pas eu le temps d'envoyer les mortiers de l'ennemi rejoindre ses canons — pénétra dans la chambre et tomba sur la table. Le général fit ce qu'aurait fait tout le monde en pareil cas, il sortit immédiatement de la salle. Moi, je saisis la bombe avant qu'elle n'éclatât,

et la portai au sommet du rocher. Ce cet observatoire
j'aperçus sur une falaise, non loin du camp ennemi,

un grand rassemblement de gens ; mais je ne pouvais
distinguer à l'œil nu ce qu'ils faisaient. Je pris mon
télescope, et je reconnus que c'était l'ennemi qui, ayant
arrêté deux des nôtres, un général et un colonel avec
lesquels j'avais dîné la veille, et qui s'étaient introduits
le soir dans le camp des assiégeants, s'apprêtait à les
pendre en qualité d'espions.

La distance était trop grande pour qu'il fût possible
de lancer avec succès la bombe à la main. Heureusement

je me souvins que j'avais dans ma poche la fronde

dont David se servit si avantageusement contre le géant Goliath. J'y plaçai ma bombe et la projetai au milieu du rassemblement. En touchant terre, elle éclata, et tua tous les assistants, à l'exception des deux officiers anglais, qui,

pour leur bonheur, étaient déjà pendus : un éclat

sauta contre le pied de la potence et la fit tomber.

Nos deux amis, dès qu'ils se sentirent sur la terre
ferme, cherchèrent à s'expliquer ce singulier événement;
et voyant les gardes, les bourreaux et toute l'assistance
occupés à mourir, ils se débarrassèrent réciproquement
de l'incommode cravate qui leur serrait le col, coururent
au rivage, sautèrent dans une barque espagnole, et se
firent conduire à nos vaisseaux par les deux bateliers
qui s'y trouvaient.

Quelques minutes après, comme j'étais en train de
raconter le fait au général Elliot, ils arrivèrent, et,
après un cordial échange de remercîments et d'explica-

tions, nous célébrâmes cette journée mémorable le plus gaiement du monde.

Vous désirez tous, messieurs, je le lis dans vos yeux, savoir comment je possède un trésor aussi précieux que la fronde dont je viens de vous parler. Eh bien ! je vais vous le dire. Je descends, vous ne l'ignorez sans doute pas, de la femme d'Urie, qui eut, comme vous savez, des relations très intimes avec David. Mais avec le temps — cela se voit souvent — Sa Majesté se refroidit singulièrement à l'endroit de la comtesse, car elle avait reçu ce titre trois mois après la mort de son mari. Un jour ils se prirent de querelle au sujet d'une question de la plus haute importance, qui était de savoir dans quelle contrée fut construite l'arche de Noé et à quel endroit elle s'était arrêtée après le déluge. Mon aïeul avait la prétention de passer pour un grand antiquaire, et la com-

Nous célébrâmes cette journée mémorable le plus gaiement du monde.

tesse était présidente d'une société historique : lui, avait
cette faiblesse commune à la plupart des grands et à tous
les petits, de ne pas souffrir la contradiction, et elle,
ce défaut, spécial à son sexe, de vouloir avoir raison
en toutes choses ; bref, une séparation s'ensuivit.

Elle lui avait souvent entendu parler de cette fronde
comme d'un objet des plus précieux, et trouva bon de
l'emporter, sous prétexte de garder un souvenir de lui.
Mais, avant que mon aïeule eût franchi la frontière, on
s'aperçut de la disparition de la fronde, et on lança six
hommes de la garde du roi pour la reprendre. La comtesse

poursuivie se servit si bien de cet objet qu'elle atteignit
un de ces soldats qui, plus zélé que les autres, s'était
avancé en tête de ses compagnons, précisément à la
place où Goliath avait été frappé par David. Les gardes,

voyant leur camarade tomber mort, délibérèrent mûre-
ment et pensèrent que ce qu'il y avait de mieux à faire,
c'était d'en référer au roi : la comtesse, de son côté,
jugea prudent de continuer son voyage vers l'Egypte,
où elle comptait beaucoup d'amis à la cour.

J'aurais dû vous dire d'abord que de plusieurs enfants
qu'elle avait eus de Sa Majesté, elle avait emmené dans
son exil un fils, son fils bien-aimé. La fertilité de
l'Egypte ayant donné à ce fils plusieurs frères et sœurs,
la comtesse lui laissa par un article particulier de son
testament la fameuse fronde; et c'est de lui qu'elle m'est
venue en ligne directe.

Mon arrière-arrière-grand-père, qui possédait cette
fronde, et qui vivait il y a environ deux cent cinquante
ans, fit, dans un voyage en Angleterre, la connaissance
d'un poète qui n'était rien moins que plagiaire, et n'en
était que d'autant plus incorrigible braconnier; il s'appelait
Shakespeare. Ce poète, sur les terres duquel, par droit de
réciprocité sans doute, les Anglais et les Allemands bra-
connent aujourd'hui impudemment, emprunta maintes
fois cette fronde à mon père et tua, au moyen de cette
arme, tant de gibier à sir Thomas Lucy, qu'il faillit
encourir le sort de mes deux amis de Gibraltar. Le
pauvre homme fut jeté en prison, et mon aïeul lui fit
rendre la liberté par un procédé tout particulier.

La reine Elisabeth, qui régnait alors, était devenue

vers la fin de sa vie à charge à elle-même. S'habiller, se déshabiller, manger, boire, accomplir enfin maintes autres fonctions que je n'énumérerai point, lui rendaient la vie insupportable. Mon aïeul la mit en état de faire

tout cela selon son caprice, par elle-même ou par procuration. Et que pensez-vous que demanda mon père en récompense de ce signalé service? — la liberté de Shakespeare. — La reine ne put lui rien faire accepter de plus. Cet excellent homme avait pris le poète en telle affection, qu'il eût volontiers donné une partie de sa vie pour prolonger celle de son ami.

Du reste, je puis vous assurer, messieurs, que la méthode pratiquée par la reine Elisabeth, de vivre sans nourriture, n'obtint aucun succès auprès de ses sujets, au moins auprès de ces gourmands affamés auxquels

on a donné le nom de *mangeurs de bœuf*. Elle-même n'y
résista pas plus de sept ans et demi, au bout desquels
elle mourut d'inanition.

Mon père, duquel j'héritai la fronde peu de temps
avant mon départ pour Gibraltar, me raconta l'anecdote
suivante, que ses amis lui ont souvent entendu rapporter,
et dont personne de ceux qui ont connu le digne vieillard ne révoquera la véracité.

« Dans l'un des nombreux séjours que je fis en
Angleterre, me disait-il, je me promenais une fois sur
le bord de la mer non loin de Harwick. Tout d'un
coup voilà un cheval marin qui s'élance furieux contre
moi. Je n'avais pour toute arme que ma fronde, avec
laquelle je lui envoyai deux galets si adroitement lancés
que je lui crevai les deux yeux. Je lui sautai alors sur
le dos et le dirigeai vers la mer : car, en perdant les
yeux, il avait perdu toute sa férocité, et se laissait
mener comme un mouton. Je lui passai ma fronde dans
la bouche en guise de bride, et le poussai au large.

« En moins de trois heures nous eûmes atteint le
rivage opposé : nous avions fait trente milles dans ce
court espace de temps. A Helvoetsluys je vendis ma
monture moyennant sept cents ducats à l'hôte des
Trois Coupes, qui montra cette bête extraordinaire pour
de l'argent et s'en fit un joli revenu. — On peut en
voir la description dans Buffon. — Mais si singulière

D'autres étaient rangés en cercle et chantaient des chœurs d'une beauté inexprimable.

que fût cette façon de voyager, ajoutait mon père, les
observations et les découvertes qu'elle me permit de
faire sont encore plus extraordinaires.

« L'animal sur le dos duquel j'étais assis ne nageait
pas : il courait avec une incroyable rapidité sur le fond
de la mer, chassant devant lui des millions de poissons
tout différents de ceux qu'on a l'habitude de voir :
quelques-uns avaient la tête au milieu du corps, d'autres
au bout de la queue ; d'autres étaient rangés en cercle
et chantaient des chœurs d'une beauté inexprimable ;
d'autres construisaient avec l'eau des édifices transparents,
entourés de colonnes gigantesques dans lesquelles ondu-
lait une matière fluide et éclatante comme la flamme la
plus pure. Les chambres de ces édifices offraient toutes
les commodités désirables aux poissons de distinction :
quelques-unes étaient aménagées pour la conservation
du frai ; une suite de salles spacieuses était consacrée à
l'éducation des jeunes poissons. La méthode d'enseigne-
ment, — autant que j'en pus juger par mes yeux, car
les paroles étaient aussi inintelligibles pour moi que le
chant des oiseaux ou le dialogue des grillons, — cette
méthode me semble présenter tant de rapport avec
celle employée de notre temps dans les établissements
philanthropiques, que je suis persuadé qu'un de ces
théoriciens a fait un voyage analogue au mien, et pêché
ses idées dans l'eau, plutôt que de les avoir attrapées

dans l'air. Du reste, de ce que je viens de vous dire
vous pouvez conclure qu'il reste encore au monde un
vaste champ ouvert à l'exploitation et à l'observation.
Mais je reprends mon récit.

« En autres incidents de voyage, je passai sur une
immense chaîne de montagnes, aussi élevée, pour le
moins, que les Alpes. Une foule de grands arbres
d'essences variées s'accrochaient aux flancs des rochers.
Sur ces arbres poussaient des homards, des écrevisses,
des huîtres, des moules, des colimaçons de mer, dont
quelques-uns si monstrueux qu'un seul eût suffi à la
charge d'un chariot, et le plus petit écrasé un portefaix.
Toutes les pièces de cette espèce qui échouent sur nos
rivages et qu'on vend dans nos marchés ne sont que de
la misère, que l'eau enlève des branches, tout comme
le vent fait tomber des arbres le menu fruit. Les arbres
à homards me parurent les mieux fournis : mais ceux
à écrevisses et à huîtres étaient les plus gros. Les petits
colimaçons de mer poussent sur des espèces de buissons
qui se trouvent presque toujours au pied des arbres à
écrevisses, et les enveloppent comme fait le lierre sur
le chêne.

« Je remarquai aussi le singulier phénomène produit
par un navire naufragé. Il avait, à ce qu'il me sembla,
donné contre un rocher dont la pointe était à peine à
trois toises au-dessous de l'eau, et en coulant bas s'était

Je rencontrais de temps en temps de gros poissons.

couché sur le côté. Il était descendu sur un arbre à
homards et en avait détaché quelques fruits, lesquels
étaient tombés sur un arbre à écrevisses placé plus bas.
Comme la chose se passait au printemps et que les
homards étaient tout jeunes, ils s'unirent aux écrevisses;
il en résulta un fruit qui tenait des deux espèces à la
fois. Je voulus, pour la rareté du fait, en cueillir un
sujet; mais ce poids m'aurait fort embarrassé, et puis
mon Pégase ne voulait pas s'arrêter.

« J'étais à peu près à moitié route, et me trouvais
dans une vallée située à cinq cents toises au moins
au-dessous de la surface de la mer : je commençais à
souffrir du manque d'air. Au surplus, ma position était
loin d'être agréable sous bien d'autres rapports. Je rencontrais de temps en temps de gros poissons qui, autant
que j'en pouvais juger par l'ouverture de leurs gueules,
ne paraissaient pas éloignés de vouloir nous avaler tous
deux. Ma pauvre Rossinante était aveugle, et je ne dus
qu'à ma prudence d'échapper aux intentions hostiles
de ces messieurs affamés. Je continuai donc à galoper,
dans le but de me mettre le plus tôt possible à sec.

« Parvenu assez près des rives de la Hollande, et
n'ayant plus guère qu'une vingtaine de toises d'eau sur
la tête, je crus apercevoir, étendue sur le sable, une
forme humaine, qu'à ses vêtements je reconnus être un
corps de femme. Il me sembla qu'elle donnait encore

quelques signes de vie, et, m'étant approché, je la vis,
en effet, remuer la main. Je saisis cette main et ramenai
sur le bord ce corps d'apparence cadavérique. Quoique
l'art de réveiller les morts fût moins avancé à cette
époque qu'aujourd'hui, où à chaque porte d'auberge on
lit sur un écriteau : *Secours aux noyés*, les efforts et
les soins d'un apothicaire de l'endroit parvinrent à raviver
la petite étincelle vitale qui restait chez cette femme.
Elle était la moitié chérie d'un homme qui commandait
un bâtiment attaché au port d'Helvoetsluys, et qui avait
pris la mer depuis peu. Par malheur, dans la précipitation du départ, il avait embarqué une autre femme
que la sienne. Celle-ci fut aussitôt instruite du fait par
quelques-unes de ces vigilantes protectrices de la paix
et du foyer domestique, qu'on nomme amies intimes ;
jugeant que les droits conjugaux sont aussi sacrés et aussi
valables sur mer que sur terre, elle s'élança dans une
chaloupe à la poursuite de son époux ; arrivée à bord
du navire, elle chercha, dans une courte, mais intradui-
sible allocution, à faire triompher ses droits d'une façon
si énergique que le mari jugea prudent de reculer de
deux pas. Le résultat de ceci fut que sa main osseuse,
au lieu de rencontrer les oreilles de son mari, ne rencontra que l'eau, et comme cette surface céda avec plus
de facilité que ne l'eût fait l'autre, la pauvre femme ne
trouva qu'au fond de la mer la résistance qu'elle cherchait.

Ce fut en ce moment que mon étoile me fit la rencontrer et me permit de rendre à la terre un couple heureux et fidèle.

« Je me représente aisément les bénédictions dont monsieur son mari dut me combler en retrouvant, à son retour, sa tendre épouse sauvée par moi. Au reste, pour mauvais que fût le tour que j'avais joué à ce pauvre diable, mon cœur en reste parfaitement innocent. J'avais agi par pure charité, sans me douter des affreuses conséquences que ma bonne action devait amener. »

C'est là que se terminait habituellement le récit de mon père, récit que m'a rappelé la fameuse fronde dont je vous ai entretenu et qui, après avoir été conservée si longtemps dans ma famille et lui avoir rendu tant de services signalés, joua son reste contre le cheval de mer : elle put encore me servir en envoyant par ma main, ainsi que je vous l'ai raconté, une bombe au milieu des Espagnols, et en sauvant mes deux amis de la potence; mais ce fut là son dernier exploit; elle s'en alla en grande partie avec la bombe, et le morceau, ce qui m'en resta dans la main, est conservé aujourd'hui dans les archives de notre famille, à côté d'un grand nombre d'antiquités des plus précieuses.

Peu de temps après, je quittai Gibraltar et retournai en Angleterre, où il m'arriva une des plus singulières aventures de ma vie.

Je m'étais rendu à Wapping pour surveiller l'embarquement de divers objets que j'envoyais à plusieurs de mes amis de Hambourg; l'opération terminée, je revins par le *Tower Wharf.* Il était midi, et j'étais horriblement fatigué; pour échapper à l'ardeur du soleil, j'imaginai de me fourrer dans un des canons de la tour afin de prendre un peu de repos : à peine installé, je m'endormis profondément. Or, il se trouvait que nous étions précisément au 1ᵉʳ juin, jour anniversaire de la naissance du roi Georges III, et, à une heure, tous les canons devaient tirer pour fêter cette solennité. On les avait chargés le matin, et comme personne ne pouvait soupçonner ma présence en pareil lieu, je fus lancé par-dessus les maisons, de l'autre côté du fleuve, dans une cour de ferme, entre Benmondsey et Deptford. Je tombai sur une grande meule de foin, où je restai sans me réveiller, — ce qui s'explique par l'étourdissement qui m'avait saisi dans le trajet.

Environ trois mois après, le foin haussa si considérablement de prix, que le fermier jugea avantageux de vendre sa provision de fourrage. La meule où je me trouvais était la plus grande de toutes, et représentait au moins cinq cents quintaux. Ce fut donc par elle qu'on commença. Le bruit des gens qui y avaient appliqué leurs échelles pour l'escalader me réveilla enfin. Encore plongé dans un demi-sommeil, ne sachant pas où j'étais, je

Je tombai sur une grande meule de foin.

voulus m'enfuir et tombai juste sur le propriétaire du foin. Je ne me fis pas la plus légère égratignure dans cette chute, mais le fermier n'en fut que plus maltraité : il fut tué roide, car je lui avais, bien innocemment, cassé le col. Pour le repos de ma conscience, j'appris plus tard que le drôle était un infâme juif, qui entassait ses fruits et ses céréales dans son grenier, jusqu'au moment où leur rareté excessive lui permettait de les vendre à des prix exorbitants : de sorte que cette mort violente fut une juste punition de ses crimes et un service rendu au bien public.

Mais quel fut mon étonnement, lorsque, entièrement revenu à moi-même, j'essayai de rattacher mes pensées présentes à celles avec lesquelles je m'étais endormi trois mois auparavant ! Quelle fut la surprise de mes amis de Londres en me voyant reparaître après les recherches infructueuses qu'ils avaient faites pour me retrouver ! Vous pouvez, messieurs, vous l'imaginer facilement.

Maintenant, messieurs, buvons un coup, que je vous raconte encore une couple de mes aventures de mer.

CHAPITRE XIV

Vous avez sans doute entendu parler du dernier voyage de découverte accompli au pôle Nord par le capitaine Phipps, aujourd'hui lord Mulgrave. J'accompagnais le capitaine, non pas en qualité d'officier, mais à titre d'ami et d'amateur. Quand nous fûmes arrivés à un degré fort avancé de latitude Nord, je pris mon télescope avec lequel vous avez fait connaissance à l'occasion du récit de mes aventures à Gibraltar, et j'examinai les objets qui nous environnaient. Car, soit dit en passant, je trouve qu'il est bon, surtout en voyage, de regarder de temps en temps ce qui se passe autour de soi.

A environ un demi-mille en avant de nous flottait
un immense glaçon, aussi haut pour le moins que notre
grand mât, et sur lequel je vis deux ours blancs qui,
autant que j'en pus juger, étaient engagés dans un duel
acharné. Je saisis mon fusil et descendis sur la glace.
Mais lorsque j'en eus atteint le sommet, je m'aperçus
que le chemin que je suivais était extrêmement dangereux et difficile. Par moments j'étais obligé de sauter
par-dessus d'effroyables précipices; dans d'autres endroits
la glace était polie et glissante comme un miroir, de
sorte que je ne faisais que tomber et me relever. Je parvins cependant à atteindre les ours, mais en même temps
je reconnus qu'au lieu de se battre, ils étaient simplement en train de jouer ensemble.

Je calculais déjà la valeur de leur peau, — car chacun
d'eux était au moins aussi gros qu'un bœuf gras; — par
malheur, au moment où j'ajustai mon arme, le pied droit
me glissa, je tombai en arrière, et perdis, par la violence
de la chute, connaissance pour plus d'un quart d'heure.
Représentez-vous l'épouvante dont je fus saisi, lorsque,
revenant à moi, je sentis qu'un des deux monstres m'avait
retourné sur le ventre, et tenait déjà entre ses dents la
ceinture de ma culotte de peau. La partie supérieure de
mon corps était appuyée sur la poitrine de l'animal, et
mes jambes s'étalaient en avant. Dieu sait où l'horrible
bête m'eût entraîné; mais je ne perdis pas la tête : je

tirai mon couteau, — le couteau que voici, messieurs; — je
saisis la patte gauche de l'ours et lui coupai trois doigts :
il me lâcha alors et se mit à hurler terriblement. Je pris
mon fusil, je fis feu au moment où la bête se mettait en
devoir de s'en retourner et je l'étendis morte. Le monstre
sanguinaire était endormi du sommeil éternel; mais le bruit
de mon arme avait réveillé plusieurs milliers de ses compagnons qui reposaient sur la glace dans un rayon d'un
quart de lieue. Ils coururent tous sur moi à franc étrier.

Il n'y avait pas de temps à perdre; c'en était fait de
moi s'il ne m'arrivait pas une idée lumineuse et immé-
diate : — elle arriva! En moins de temps qu'il n'en faut
à un chasseur habile pour dépioter un lièvre, je désha-
billai l'ours mort, m'enveloppai de sa robe et cachai
ma tête sous la sienne. J'avais à peine terminé cette
opération, que toute la troupe s'assembla autour de moi.
J'avoue que je sentais, sous ma fourrure, des alternatives
terribles de chaux et de froid. Cependant ma ruse
réussit à merveille. Ils vinrent l'un après l'autre me flairer,
et parurent me prendre pour un de leurs frères. J'en
avais du reste à peu près la mine; avec un peu plus de
corpulence, la ressemblance eût été parfaite, et même il y
avait dans l'assemblée plusieurs petits jeunes ours qui
n'étaient guère plus gras que moi: après qu'ils m'eurent
bien flairé, moi et le cadavre de ma victime, nous nous
familiarisâmes rapidement : j'imitais parfaitement tous

J'avais à peine terminé que toute la troupe s'assembla autour de moi.

leurs gestes et tous leurs mouvements; mais pour ce
qui était du grondement, du mugissement et du hurle-
ment, je dois reconnaître qu'ils étaient plus forts que moi.
Cependant, pour ours que je parusse, je n'en étais pas
moins homme! Je commençai à chercher le meilleur
moyen de mettre à profit la familiarité qui s'était établie
entre ces bêtes et moi.

J'avais entendu dire autrefois par un vieux chirurgien
militaire qu'une incision faite à l'épine dorsale cause
instantanément la mort. Je résolus d'en faire l'expérience.
Je repris mon couteau et en frappai le plus grand des
ours près de l'épaule, à la nuque : convenez que le coup
était hardi, et j'avais des raisons d'être inquiet. Si la bête
survivait à la blessure, c'en était fait de moi, j'étais
réduit en pièces. Heureusement ma tentative réussit,
l'ours tomba mort à mes pieds, sans plus faire un mouvement. Je pris donc le parti d'expédier de cette façon
tous les autres, et cela ne fut pas difficile : car, bien
qu'ils vissent de droite et de gauche tomber leurs frères,
ils ne se méfiaient de rien, ne songeant ni à la cause ni
au résultat de la chute successive de ces infortunés : ce
fut là ce qui me sauva. Quand je les vis tous étendus
morts autour de moi, je me sentis aussi fier que Sam-
son après la défaite des Philistins.

Bref, je retournai au navire, je demandai les trois
quarts de l'équipage pour m'aider à retirer les peaux et

à apporter les jambons à bord. Nous jetâmes le surplus à l'eau, bien que, convenablement salé, cela eût fait un aliment fort supportable.

Dès que nous fûmes de retour, j'envoyai, au nom du capitaine, quelques jambons aux lords de l'Amirauté, aux lords de l'Échiquier, au lord-maire et aux aldermen de Londres, aux clubs de commerce, et distribuai le surplus entre mes amis. Je reçus de tous côtés les remercîments les plus chaleureux; la Cité me rendit mon amabilité en m'invitant au dîner annuel qui se célèbre lors de la nomination du lord-maire.

J'envoyai les peaux d'ours à l'impératrice de Russie pour servir de pelisses d'hiver à Sa Majesté et à sa cour. Elle m'en remercia par une lettre autographe que m'apporta un ambassadeur extraordinaire, et où elle me priait de venir partager sa couronne avec elle. Mais comme je n'ai jamais eu beaucoup de goût pour la souveraineté, je repoussai, dans les termes les plus choisis, l'offre de Sa Majesté. L'ambassadeur qui m'avait apporté la lettre avait l'ordre d'attendre ma réponse pour la rapporter à sa souveraine. Une seconde lettre, que quelque temps après je reçus de l'impératrice, me convainquit de l'élévation de son esprit et de la violence de sa passion. Sa dernière maladie, qui la surprit au moment où — pauvre et tendre femme — elle s'entretenait avec le comte Dolgorouki, ne doit être attribuée qu'à ma cruauté envers elle.

Quand je les vis tous étendus morts autour de moi.

Je ne sais pas quel effet je produis aux dames, mais je dois dire que l'impératrice de Russie n'est pas la seule de son sexe qui du haut de son trône m'ait offert sa main.

On a répandu le bruit que le capitaine Phipps n'était pas allé aussi loin vers le Nord qu'il l'aurait pu : il est de mon devoir de le défendre sur ce point. Notre bâtiment était en bon chemin d'atteindre le pôle, lorsque je le chargeai d'une telle quantité de peaux d'ours et de jambons que c'eût été folie d'essayer d'aller plus loin ; nous n'eussions pas pu naviguer contre le plus léger vent contraire, et moins encore contre les glaçons qui encombrent la mer à cette latitude.

Le capitaine a depuis déclaré bien souvent combien il regrettait de ne pas avoir pris part à cette glorieuse journée, qu'il avait emphatiquement surnommée la *journée des peaux d'ours*. Il jalouse ma gloire, et cherche par tous les moyens à la déprécier. Nous nous sommes souvent querellés à ce sujet, et aujourd'hui encore nous ne sommes pas dans de très bons termes. Il prétend, par exemple, qu'il n'y a pas grand mérite à avoir trompé les ours en m'affublant de la peau d'un des leurs ; et que lui serait allé sans masque au milieu d'eux, et ne s'en serait pas moins fait passer pour un ours.

Mais c'est là un point trop délicat pour qu'un homme qui a des prétentions à la bonne éducation se risque à en discuter avec un noble pair d'Angleterre.

CHAPITRE XV

NEUVIÈME AVENTURE DE MER

Je fis un autre voyage, d'Angleterre aux Indes orien-
tales, avec le capitaine Hamilton. J'emmenais un chien
couchant, qui valait, dans l'acception propre du mot, son
pesant d'or, car il ne m'a jamais failli. Un jour que,
d'après les meilleurs calculs, nous nous trouvions à trois
cents milles au moins de terre, mon chien tomba en
arrêt. Je le vis, avec étonnement, rester plus d'une heure
dans cette position : je fis part de ce fait au capitaine
et aux officiers du bord, et leur assurai que nous devions
être près de terre, vu que mon chien flairait du gibier.
Je n'obtins qu'un succès de fou rire, qui ne modifia
nullement la bonne opinion que j'avais de mon chien.

Après une longue discussion où l'on débattit mon avis,

je finis par déclarer ouvertement au capitaine que j'avais
plus de confiance dans le nez de mon Traï que dans les
yeux de tous les marins du bord, et je pariai hardiment
cent guinées, — somme que j'avais destinée à ce voyage,
— que nous trouverions du gibier avant une demi-heure.

Le capitaine, qui était un excellent homme, se remit
à rire de plus belle, et pria M. Crawford, notre chirurgien, de me tâter le pouls. L'homme de l'art obéit et
déclara que j'étais en parfaite santé. Ils se mirent alors
à causer à voix basse : je parvins cependant à saisir
quelques mots de leur conversation.

— Il n'a pas sa tête à lui, disait le capitaine, je ne
peux pas honnêtement accepter ce pari.

— Je suis d'un avis entièrement contraire, répliquait
le chirurgien ; le baron n'est nullement dérangé ; il a
plus de confiance dans l'odorat de son chien que dans
la science de nos officiers, voilà tout. En tout cas, il
perdra, et il l'aura bien mérité.

— Ce n'est pas raisonnable de ma part d'accepter un
pareil pari, répétait le capitaine. Toutefois je m'en tirerai à
mon honneur en lui rendant son argent après l'avoir gagné.

Traï n'avait point bougé pendant cette conversation,
ce qui me confirma dans mon opinion. Je proposai une
seconde fois le pari, qui fut enfin accepté.

Nous avions à peine prononcé le *tope là* sacramentel
que des matelots placés dans la chaloupe attachée à l'arrière

du bâtiment, et occupés à pêcher à la ligne, attrapèrent un énorme chien de mer, qu'ils amenèrent aussitôt sur le pont. On commença à le dépecer, et voilà qu'on lui trouva dans le ventre six couples de perdrix vivantes!

Les pauvres bêtes y habitaient depuis si longtemps, qu'une des perdrix était occupée à couver cinq œufs, dont l'un était en train d'éclore lorsque l'on ouvrit le poisson.

Nous élevâmes ces jeunes oiseaux avec une portée de petits chats venus au monde quelques minutes auparavant. La mère chatte les chérissait autant que ses enfants et se désolait chaque fois qu'un des perdreaux s'éloignait trop et tardait à revenir auprès d'elle. Comme dans notre prise il y avait quatre perdrix qui ne cessaient de couver à tour de rôle, notre table fut fournie de gibier tout le temps du voyage.

Pour récompenser mon brave Traï des cent guinées qu'il m'avait fait gagner, je lui donnai chaque fois les os des perdreaux que nous avions mangés, et de temps en temps même un perdreau tout entier.

CHAPITRE XVI

Je vous ai déjà parlé, messieurs, d'un voyage que je fis dans la lune pour retrouver ma hachette d'argent. J'eus une nouvelle occasion d'y retourner, mais d'une façon beaucoup plus agréable, et j'y séjournai assez long-temps pour y faire diverses observations que je vais vous communiquer aussi exactement que ma mémoire me le permettra.

Un de mes parents éloignés s'était mis dans la tête qu'il devait absolument y avoir quelque part un peuple égal en grandeur à celui que Gulliver prétend avoir trouvé dans le royaume de Brobdignag. Il résolut de partir à la recherche de ce peuple, et me pria de l'accompagner. Pour ma part, j'avais toujours considéré le récit de Gulliver comme un conte d'enfant, et je ne croyais pas plus à l'existence de Brobdignag qu'à celle de l'Eldorado; mais comme cet estimable parent m'avait institué son légataire universel, vous comprenez que je lui devais des égards. Nous arrivâmes heureusement dans la mer du Sud, sans rien rencontrer qui mérite d'être rapporté, si ce n'est cependant quelques hommes et quelques femmes volants qui gambadaient et dansaient le menuet en l'air.

Le dix-huitième jour après que nous eûmes dépassé Otahiti, un ouragan enleva notre bâtiment à près de mille lieues au-dessus de la mer, et nous maintint dans cette position pendant assez longtemps. Enfin un vent propice enfla nos voiles et nous emporta avec une rapidité extraordinaire. Nous voyagions depuis six semaines au-dessus des nuages lorsque nous découvrîmes une vaste terre, ronde et brillante, semblable à une île étincelante. Nous entrâmes dans un excellent port, nous abordâmes et trouvâmes le pays habité. Tout autour de nous, nous voyions

Lorsque nous découvrîmes une vaste terre ronde et brillante.

des villes, des arbres, des montagnes, des fleuves, des
lacs, si bien que nous nous croyions revenus sur la
terre que nous avions quittée.

Dans la lune, — car c'était là l'île étincelante où nous
venions d'aborder, — nous vîmes de grands êtres montés
sur des vautours, dont chacun avait trois têtes. Pour
vous donner une idée de la dimension de ces oiseaux,
je vous dirai que la distance mesurée de l'extrémité
d'une de leurs ailes à l'autre est six fois plus grande
que la plus longue de nos vergues. Au lieu de monter
à cheval, comme nous autres habitants de la terre, les
gens de la lune montent ces sortes d'oiseaux.

A l'époque où nous arrivâmes, le roi de ce pays était

en guerre avec le soleil. Il m'offrit un brevet d'officier; mais
je n'acceptai point l'honneur que me faisait Sa Majesté.

Tout, dans ce monde-là, est extraordinairement grand :
une mouche ordinaire, par exemple, est presque aussi
grosse qu'un de nos moutons. Les armes usuelles des
habitants de la lune sont des raiforts qu'ils manœuvrent
comme des javelots, et qui tuent ceux qui en sont atteints.
Lorsque la saison des raiforts est passée, ils emploient
des tiges d'asperges. Pour boucliers, ils ont de vastes
champignons.

Je vis en outre dans ce pays quelques naturels de
Sirius venus là pour affaires; ils ont des têtes de bou-
ledogue et les yeux placés au bout du nez, ou plutôt à
la partie inférieure de cet appendice. Ils sont privés de
sourcils; mais lorsqu'ils veulent dormir, ils se couvrent
les yeux avec leur langue; leur taille moyenne est de
vingt pieds; celle des habitants de la lune n'est jamais
au-dessous de trente-six pieds. Le nom que portent
ces derniers est assez singulier; il peut se traduire par
celui d'*êtres cuisants ;* on les appelle ainsi parce qu'ils
préparent leurs mets sur le feu, tout comme nous. Du
reste, ils ne consacrent guère de temps à leurs repas;
ils ont sur le côté gauche un petit guichet qu'ils ouvrent
et par lequel ils jettent la portion tout entière dans
l'estomac ; après quoi ils referment le guichet et
recommencent l'opération au bout d'un mois, jour pour

jour. Ils n'ont donc que douze repas par an, combinaison que tout individu sobre doit trouver bien supérieure à celles usitées chez nous.

Les joies de l'amour sont complètement inconnues dans la lune; car chez les êtres cuisants aussi bien que chez les autres animaux il n'existe qu'un seul et même sexe. Tout pousse sur des arbres qui diffèrent à l'infini les uns des autres, suivant les fruits qu'ils portent. Ceux qui produisent les êtres cuisants ou hommes sont beaucoup plus beaux que les autres; ils ont de grandes branches droites, et des feuilles couleur de chair; leur fruit consiste en noix à écorce très dure, et longues d'au moins six pieds. Lorsqu'elles sont mûres, ce qu'on reconnaît à leur couleur, on les cueille avec un grand soin, et on les conserve aussi longtemps qu'on le juge convenable. Quand on veut en retirer le noyau, on les jette dans une grande chaudière d'eau bouillante; au bout de quelques heures, l'écorce tombe, et il en sort une créature vivante.

Avant qu'ils viennent au monde, leur esprit a déjà reçu une destination déterminée par la nature.

D'une écorce sort un soldat, d'une autre un philosophe, d'une troisième un théologien, d'une quatrième un jurisconsulte, d'une cinquième un fermier, d'une sixième un paysan, et ainsi de suite, et chacun se met aussitôt à pratiquer ce qu'il connaît déjà théoriquement. La difficulté consiste à juger avec certitude ce que contient l'écorce; au moment où je me trouvais dans le pays, un savant lunaire affirmait à grand bruit qu'il possédait ce secret. Mais on ne fit pas attention à lui, et on le tint généralement pour fou.

Lorsque les gens de la lune deviennent vieux, ils ne meurent pas, mais ils se dissolvent dans l'air et s'évanouissent en fumée.

Ils n'éprouvent pas le besoin de boire, n'étant asservis à aucune excrétion. Ils n'ont à chaque main qu'un seul doigt avec lequel ils exécutent tout beaucoup mieux que nous ne le faisons avec notre pouce et ses quatre aides.

Ils portent leur tête sous le bras droit, et, lorsqu'ils vont en voyage ou qu'ils ont à exécuter quelque travail qui exige beaucoup de mouvement, ils la laissent habi-

tuellement à la maison; car ils peuvent lui demander
conseil à n'importe quelle distance.

Les hauts personnages de la lune, lorsqu'ils veulent
savoir ce que font les gens du peuple, n'ont pas coutume
d'aller les trouver; ils restent à la maison, c'est-à-dire que

leur corps reste chez eux, et qu'ils envoient leur tête
dans la rue pour voir incognito ce qui s'y passe. Une
fois les renseingnements recueillis, elle revient dès que
le maître la rappelle.

Les pepins de raisin lunaire ressemblent exactement
à nos grêlons, et je suis fermement convaincu que, lorsqu'une tempête détache les grains de leur tige, les pepins
tombent sur notre terre et forment notre grêle. Je suis
même porté à croire que cette observation doit être

connue depuis longtemps de plus d'un marchand de
vin; du moins j'ai bien souvent bu du vin qui m'a paru
fait de grêlons, et dont le goût rappelait celui du vin
de la lune.

J'allais oublier un détail des plus intéressants. Les
habitants de la lune se servent de leur ventre comme
nous des gibecières; ils y fourrent tout ce dont ils ont
besoin, l'ouvrent et le ferment à volonté comme leur
estomac, car ils ne sont pas embarrassés d'entrailles, ni
de cœur, ni de foie; ils ne portent non plus pas de
vêtements, l'absence de sexe les dispensant de pudeur.

Ils peuvent à leur gré ôter et remettre leurs yeux,
et, lorsqu'ils les tiennent à la main, ils voient aussi
bien que s'ils les avaient sur la figure. Si, par hasard,
ils en perdent ou en cassent un, ils peuvent en louer
ou en acheter un nouveau, qui leur fait le même service que l'autre; aussi rencontre-t-on dans la lune, à
chaque coin de rue, des gens qui vendent des yeux;
ils en ont les assortiments les plus variés, car la mode
change souvent : tantôt ce sont les yeux bleus, tantôt
les yeux noirs, qui sont mieux portés.

Je conviens, messieurs, que tout cela doit vous
paraître étrange; mais je prie ceux qui douteraient de
ma sincérité de se rendre eux-mêmes dans la lune,
pour se convaincre que je suis resté plus fidèle à la
vérité qu'aucun autre voyageur

CHAPITRE XVII

VOYAGE A TRAVERS LA TERRE ET AUTRES AVENTURES
REMARQUABLES

Si je m'en rapporte à vos yeux, je suis sûr que je me
fatiguerais plus vite à vous raconter les événements
extraordinaires de ma vie que vous à les écouter. Votre

26

complaisance est trop flatteuse pour que je m'en tienne, ainsi que je me l'étais proposé, au récit de mon second voyage dans la lune. Ecoutez donc, s'il vous plaît, une histoire dont l'authenticité est aussi incontestable que celle de la précédente, mais qui la surpasse par l'étrangeté et le merveilleux dont elle est empreinte.

La lecture du Voyage de Brydone en Sicile m'inspira un vif désir de visiter l'Etna. En route il ne m'arriva rien de remarquable : je dis à moi, car beaucoup d'autres, pour faire payer aux lecteurs naïfs les frais de leur voyage, n'eussent pas manqué de raconter longuement et emphatiquement maints détails vulgaires qui ne sont pas dignes de fixer l'attention des honnêtes gens.

Un matin, de bonne heure, je sortais d'une chaumière située au pied de la montagne, fermement résolu à examiner, dût-il m'en coûter la vie, l'intérieur de ce célèbre volcan. Après trois heures d'une marche des plus pénibles, j'atteignis le sommet de la montagne. Depuis trois semaines, le volcan grondait sans discontinuer. Je ne doute pas, messieurs, que vous ne connaissiez l'Etna par les nombreuses descriptions qui en ont été faites : je n'essayerai donc pas de vous redire ce que vous savez aussi bien que moi, et j'épargnerai à moi une peine et à vous une fatigue inutile.

Je fis trois fois le tour du cratère, — dont vous pouvez avoir une idée en vous figurant un immense entonnoir, — et reconnaissant que j'aurais beau tourner, cela ne m'avancerait guère, je pris bravement ma résolution, et je me décidai à sauter dedans. A peine eus-je exécuté le saut, que je me sentis comme plongé dans un bain de vapeur brûlante; les charbons ardents qui jaillissaient sans relâche endommagèrent et brûlèrent en tous sens mon pauvre corps.

Mais quelle que fût la violence avec laquelle s'élançaient les matières incandescentes, je descendais plus rapidement qu'elles ne montaient, grâce à la loi de la pesanteur, et au bout de quelques instants je touchai le fond. La première chose que je remarquai fut un bruit épouvantable, un concert de jurements, de cris et

de hurlements qui semblaient s'élever autour de moi.
J'ouvris les yeux, et qu'est-ce que je vis ?... Vulcain en
personne accompagné de ses cyclopes. Ces messieurs,
que mon bon sens avait depuis longtemps relégués dans
le domaine de la fiction, étaient depuis trois semaines
en querelle au sujet d'un article du règlement intérieur,
et c'était cette dispute qui remuait la surface externe.
Mon apparition rétablit comme par enchantement la paix

et la concorde dans la tapageuse
assemblée.

Vulcain courut aussitôt clopin-
clopant vers son armoire, en tira
des onguents et des emplâtres qu'il
m'appliqua de sa propre main, et,
quelques minutes après, mes bles-
sures étaient guéries. Il m'offrit
ensuite des rafraîchissements, un
flacon de nectar et d'autres vins
précieux, comme n'en boivent que
les dieux et les déesses. Dès que je fus à peu près remis,
il me présenta à Vénus, son épouse, en lui recommandant de me prodiguer tous les soins qu'exigeait ma position. La somptuosité de la chambre où elle me conduisit,
le moelleux du sofa sur lequel elle me fit asseoir, le
charme divin qui régnait dans toute sa personne, la
tendresse de son cœur, il n'y a pas de mots dans les

langues terrestres pour exprimer cela ; rien que d'y
penser, la tête me tourne !

Vulcain me fit une description très détaillée de l'Etna.
Il m'expliqua comme quoi cette montagne n'était qu'un
amas de cendres sorties de la fournaise ; qu'il était souvent obligé de sévir contre ses ouvriers ; qu'alors, dans

sa colère, il leur jetait des charbons ardents qu'ils
paraient avec une grande adresse en les laissant passer
sur la terre, afin de le laisser épuiser ses munitions.
« Nos dissensions, ajouta-t-il, durent quelquefois plusieurs mois, et les phénomènes qu'elles produisent à la
surface de la terre sont ce que vous appelez, je crois,
des éruptions. Le mont Vésuve est également une de
mes forges : une galerie de trois cent cinquante milles
de longueur m'y conduit en passant sous le lit de la
mer : là aussi des dissensions semblables amènent sur
la terre des accidents analogues. »

Si je me plaisais à la conversation instructive du
mari, je goûtais encore davantage la société de la

Là il me tint suspendu au-dessus d'une espèce de puits profond.

femme, et je n'aurais peut-être jamais quitté ce palais
souterrain, si quelques mauvaises langues n'avaient mis
la puce à l'oreille au seigneur Vulcain, et n'avaient
allumé dans son cœur le feu de la jalousie. Sans me
prévenir le moins du monde, il me saisit un matin au
collet, comme j'assistais la belle déesse
à sa toilette, et m'emmena dans une
chambre que je n'avais pas encore vue :
là il me tint suspendu au-dessus d'une
espèce de puits profond, et me dit :
« Ingrat mortel, retourne dans le monde
d'où tu es venu ! »

En prononçant ces mots et sans me
permettre de rien répliquer pour ma défense, il me précipita dans l'abîme.

Je tombai avec une rapidité toujours
croissante, jusqu'à ce que l'effroi m'eût
fait perdre entièrement connaissance. Mais je fus tout
d'un coup tiré de mon évanouissement en me sentant
plongé dans une immense masse d'eau illuminée par
les rayons du soleil : c'était le paradis et le repos, en
comparaison de l'affreux voyage que je venais d'accomplir.

Je regardai tout autour de moi, mais je ne voyais
de tous côtés que de l'eau. La température était tout
autre que celle à laquelle je m'étais accoutumé chez le

27

seigneur Vulcain. Enfin je découvris à quelque distance un objet qui avait l'apparence d'un énorme rocher, et

qui semblait se diriger vers moi : je reconnus bientôt que c'était un glaçon flottant. Après beaucoup de recherches, je trouvai enfin un endroit où je pus m'accrocher, et je parvins à gravir jusqu'au sommet.

A mon grand désespoir, je ne découvris aucun indice qui m'annonçât le voisinage de la terre. Enfin, avant la tombée de la nuit, j'aperçus un navire qui s'avançait de mon côté. Dès qu'il fut à portée de la voix, je le hélai de toutes mes forces : il me répondit en hollandais. Je me jetai à la mer, et nageai jusqu'au navire où l'on m'amena à bord. Je demandai où nous étions. « Dans la mer du Sud, » me répondit-on. Ce fait expliquait toute l'énigme. Il était évident que j'avais traversé le centre du globe et que j'étais tombé par l'Etna dans la mer du Sud : ce qui est beaucoup plus direct que de faire le tour du monde. Personne avant moi n'avait encore tenté ce passage, et si je refais jamais le voyage, je me promets bien d'en rapporter des observations du plus haut intérêt.

Je me fis donner quelques rafraîchissements et je me couchai. Quels grossiers personnages, messieurs, que les Hollandais! Le lendemain, je racontai mon aventure aux officiers aussi exactement et aussi simplement que je viens de le faire ici, et plusieurs d'entre eux, le capitaine surtout, firent mine de douter de l'authenticité de mes paroles. Cependant, comme ils m'avaient donné l'hospitalité à leur bord, et que si je vivais c'était grâce à eux, il me fallut bien empocher l'humiliation sans répliquer.

Je m'enquis ensuite du but de leur voyage. Ils me

répondirent qu'ils faisaient une expédition de découverte et que, si ce que je leur avais raconté était vrai, leur but était atteint. Nous nous trouvions précisément sur la route qu'avait suivie le capitaine Cook, et nous arrivâmes le lendemain à Botany-Bay, lieu où le gouvernement anglais devrait envoyer non pas ses mauvais garnements pour les punir, mais des honnêtes gens pour les récompenser, tant ce pays est beau et richement doté par la nature.

Nous ne restâmes que trois jours à Botany-Bay. Le quatrième jour après notre départ, il s'éleva une effroyable tempête qui déchira toutes nos voiles, rompit notre beaupré, abattit notre mât de perroquet, lequel tomba sur la cahute où était renfermée notre boussole et la mit en pièces. Quiconque a navigué sait quelles peuvent être les conséquences d'un pareil accident. Nous ne savions plus où nous étions, ni où aller. Enfin la tempête s'apaisa, et fut suivie d'une bonne brise continue. Nous naviguions depuis trois mois et nous devions avoir fait énormément de chemin, lorsque tout à coup nous remarquâmes un changement singulier dans tout ce qui nous entourait. Nous nous sentions tout gais et tout dispos, notre nez s'emplissait des odeurs les plus douces et les plus balsamiques ; la mer elle-même avait changé de couleur : elle n'était plus verte, mais blanche.

Bientôt après nous aperçûmes la terre, et à quelque distance un port vers lequel nous nous dirigeâmes et que nous trouvâmes spacieux et profond. Au lieu d'eau, il était rempli d'un lait exquis. Nous descendîmes à terre et nous vîmes que l'île tout entière consistait en un immense fromage. Nous ne nous en serions peut-être pas aperçus, si une circonstance particulière ne nous avait mis sur la trace. Nous avions sur notre navire un matelot qui professait pour le fromage une antipathie naturelle. En posant le pied sur la terre, il tomba évanoui. Quand il revint à lui, il demanda qu'on retirât le fromage de dessous ses pieds ; on vérifia, et on reconnut qu'il avait parfaitement raison : cette île n'était, comme

je viens de vous le dire, qu'un énorme fromage. La plupart des habitants s'en nourrissaient; les parties mangées

pendant le jour étaient remplacées pendant la nuit. Nous
vîmes dans cette île une grande quantité de vignes

chargées de grosses grappes, lesquelles, lorsqu'on les
pressait, ne donnaient que du lait. Les insulaires étaient
sveltes et beaux, la plupart avaient neuf pieds de haut;

ils avaient trois jambes et un bras, et les adultes por-
taient sur le front une corne dont ils se servaient avec
une adresse remarquable. Ils font des courses sur la

surface du lait, et s'y promènent sans y enfoncer avec
autant d'assurance que nous sur une pelouse.

Il croissait sur cette île, ou plutôt sur ce fromage,
une grande quantité de blé, dont les épis, semblables
à des champignons, contenaient des pains tout cuits et
prêts à être mangés. En traversant ce fromage, nous rencontrâmes sept fleuves de lait et deux de vin.

Après un voyage de seize jours, nous atteignîmes le rivage opposé à celui où nous avions abordé. Nous trouvâmes dans cette partie de l'île des plaines entières de ce fromage bleu à force de vieillesse, dont les amateurs font si grand cas. Mais, au lieu d'y rencontrer des vers, on y voyait croître de magnifiques arbres fruitiers tels que cerisiers, abricotiers, pêchers, et vingt autres espèces que nous ne connaissons point. Ces arbres, qui sont extraordinairement grands et gros, abritaient une immense quantité de nids d'oiseaux. Nous remarquâmes

entre autres un nid d'alcyons, dont la circonférence était cinq fois grande comme la coupole de Saint-Paul

... L'enleva à la hauteur d'une bonne lieue.

à Londres; il était artistement construit d'arbres gigantesques, et il contenait... — attendez, que je me rappelle bien le chiffre! — il contenait cinq cents œufs
dont le plus petit était au moins aussi gros qu'un
muid. Nous ne pûmes pas voir les jeunes qui étaient
dedans, mais nous les entendîmes siffler. Ayant ouvert
à grand'peine un de ces œufs, nous en vîmes sortir un
petit oiseau sans plumes, gros environ comme vingt de
nos vautours. A peine avions-nous fait éclore le jeune
oiseau que le vieux alcyon se jeta sur nous, saisit notre
capitaine dans une de ses serres, l'enleva à la hauteur
d'une bonne lieue, le frappa violemment avec ses ailes
et le laissa tomber dans la mer.

Les Hollandais nagent comme des rats d'eau : aussi
le capitaine nous eut-il bientôt rejoints, et nous rega-
gnâmes tous ensemble notre navire. Mais nous ne retour-
nâmes pas par le même chemin, ce qui nous permit de
faire de nouvelles observations. Dans le gibier que nous
tuâmes, il y avait deux buffles d'une espèce particulière
qui ne possédaient qu'une seule corne, placée entre les
deux yeux. Nous regrettâmes plus tard de les avoir tués,
car nous apprîmes que les habitants les apprivoisaient
et s'en servaient en guise de cheval de trait ou de selle.
On nous assura que la chair en était exquise, mais
absolument inutile à un peuple qui ne vit que de lait
et de fromage.

Deux jours avant d'atteindre notre navire, nous vîmes trois individus pendus par les jambes à de grands arbres. Je demandai quel crime leur avait valu cette terrible punition, et j'appris qu'ils étaient allés à l'étranger, et qu'à leur retour ils avaient raconté à leurs amis une foule de mensonges, leur décrivant des lieux qu'ils n'avaient pas vus, et des aventures qui ne leur étaient pas arrivées. Je trouvai cette punition bien méritée, car le premier devoir d'un voyageur, c'est de ne s'écarter jamais de la vérité.

Revenus à bord, nous levâmes l'ancre et nous quittâmes ce singulier pays. Tous les arbres du rivage, dont quelques-uns énormes et très élevés, s'inclinèrent deux fois en nous saluant en mesure. Après quoi ils reprirent leur première position.

Quand nous eûmes erré trois jours durant, Dieu sait où, — car nous manquions toujours de boussole, — nous arrivâmes dans une mer qui semblait toute noire : nous goûtâmes ce que nous prenions pour de l'eau sale, et nous reconnûmes que c'était de l'excellent vin ! Nous eûmes toutes les peines du monde à empêcher nos matelots de se griser. Mais notre joie ne fut pas de longue durée, car, quelques heures après, nous nous trouvâmes entourés de baleines et d'autres poissons non moins gigantesques : il y en avait un d'une longueur si prodigieuse que, même avec une lunette

d'approche, nous n'en pûmes voir le bout. Malheureusement nous n'aperçûmes le monstre qu'au moment où
il était tout près de nous : il avala d'un trait notre

bâtiment avec ses mâts dressés et toutes ses voiles
dehors.

Après que nous eûmes passé quelque temps dans sa
gueule, il la rouvrit pour engloutir une énorme masse
d'eau : notre navire, soulevé par ce courant, fut entraîné
dans l'estomac du monstre, où nous nous trouvions
comme si nous eussions été à l'ancre pris d'un calme
plat. L'air était, il faut en convenir, chaud et lourd.

Nous vîmes dans cet estomac des ancres, des câbles, des chaloupes, des barques et bon nombre de navires, les uns chargés, les autres vides, qui avaient subi le même

sort que nous. Nous étions obligés de vivre à la lumière des torches; il n'y avait plus pour nous ni soleil, ni lune, ni planètes. Ordinairement nous nous trouvions deux fois par jour à flot et deux fois à sec. Quand la bête buvait nous étions à flot, lorsqu'elle lâchait l'eau nous étions à sec. D'après les calculs exacts que nous fîmes, la quantité d'eau qu'elle avalait à chaque gorgée eût suffi à remplir le lit du lac de Genève dont la circonférence est de trente milles.

Le second jour de notre captivité dans ce ténébreux

royaume, je me hasardai avec le capitaine et quelques
officiers à faire une petite excursion au moment de la
marée basse, comme nous disions. Nous nous étions
munis de torches, et nous rencontrâmes successivement
près de dix mille hommes de toutes nations qui se trouvaient dans la même position que nous. Ils s'apprêtaient
à délibérer sur les moyens à employer pour recouvrer
leur liberté. Quelques-uns d'entre eux avaient déjà passé
plusieurs années dans l'estomac du monstre. Mais, au
moment où le président nous instruisait de la question
qui allait s'agiter, notre diable de poisson eut soif et
se mit à boire : l'eau se précipita avec tant de violence
que nous eûmes tout juste le temps de retourner à
nos navires : plusieurs des assistants, moins prompts
que les autres, furent même obligés de se mettre à la
nage.

Quand le poisson se fut vidé, nous nous réunîmes
de nouveau. On me choisit pour président : je proposai
de réunir bout à bout deux des plus grands mâts, et,
lorsque le monstre ouvrirait la gueule, de les dresser
de façon à l'empêcher de la refermer. Cette motion fut
acceptée à l'unanimité, et cent hommes choisis parmi
les plus vigoureux furent chargés de la mettre à exé-
cution. A peine les deux mâts étaient-ils disposés selon
mes instructions, qu'il se présenta une occasion favorable. Le monstre se prit à bâiller ; nous dressâmes

aussitôt nos deux mâts de manière que l'extrémité inférieure se trouvait plantée dans sa langue, et que l'autre
extrémité pénétrait dans la voûte de son palais : il lui
était dès lors impossible de rapprocher ses mâchoires.

Dès que nous fûmes à flot, nous armâmes les chaloupes qui nous remorquèrent et nous ramenèrent dans
le monde. Ce fut avec une joie inexprimable que nous
revîmes la lumière du soleil dont nous avions été privés
pendant ces quinze jours de captivité. Lorsque tout le
monde fut sorti de ce vaste estomac, nous formions

une flotte de trente-cinq navires de toutes les nations.
Nous laissâmes nos deux mâts plantés dans la gorge
du poisson, pour préserver d'un accident semblable
au nôtre ceux qui se trouveraient entraînés vers ce
gouffre.

Une fois délivrés, notre premier désir fut de savoir
dans quelle partie du monde nous étions; il nous fallut
longtemps avant de parvenir à une certitude. Enfin,
grâce à mes observations antérieures, je reconnus que
nous nous trouvions dans la mer Caspienne. Comme
cette mer est entourée de tous côtés par la terre et
qu'elle ne communique avec aucune autre nappe d'eau,
nous ne pouvions comprendre comment nous y étions
arrivés. Un habitant de l'île de fromage, que j'avais
emmené avec moi, nous expliqua la chose fort raison-
nablement. Selon lui, le monstre dans l'estomac duquel
nous avions erré si longtemps s'était rendu dans cette
mer par quelque route souterraine. — Bref, nous y
étions et fort contents d'y être; nous nous dirigeâmes
à toutes voiles vers la terre. Je descendis le premier.

A peine avais-je posé le pied sur la terre ferme, que
je me vis assailli par un gros ours.

« Ah! ah! pensais-je, tu arrives bien! »

Je lui pris les pattes de devant dans mes deux mains
et les serrai avec tant de cordialité qu'il se mit à hurler
désespérément; mais moi, sans me laisser toucher par

29

ses lamentations, je le tins dans cette position jusqu'à ce qu'il mourût de faim. Grâce à cet exploit, j'inspirai un tel respect à tous les ours, que depuis lors aucun d'eux n'a jamais osé me chercher querelle.

De là je me rendis à Saint-Pétersbourg, où je reçus d'un ancien ami un cadeau qui me fut extrêmement agréable. C'était un chien de chasse, descendant de la fameuse chienne dont je vous ai parlé, et qui mit bas en chassant un lièvre. Malheureusement ce chien fut tué par un chasseur maladroit qui l'atteignit en tirant une compagnie de perdreaux. Je me fis faire avec la peau de cette bête le gilet que voici, et qui, lorsque je

vais à la chasse, me conduit toujours infailliblement là
où est le gibier. Quand j'en suis assez près pour pouvoir tirer, un bouton de mon gilet saute à la place où
se trouve le gibier, et, comme mon fusil est toujours
armé et amorcé, je ne manque jamais mon coup.

Il me reste encore trois boutons, comme vous voyez ;
mais dès que la chasse rouvrira, j'en ferai remettre
deux rangs. Venez me trouver alors, et vous verrez que
j'aurai de quoi vous amuser.

Pour aujourd'hui, je prends la liberté de me retirer
et de vous souhaiter une bonne nuit.

TABLE

ÉVREUX, IMPRIMERIE DE CHARLES HÉRISSEY.

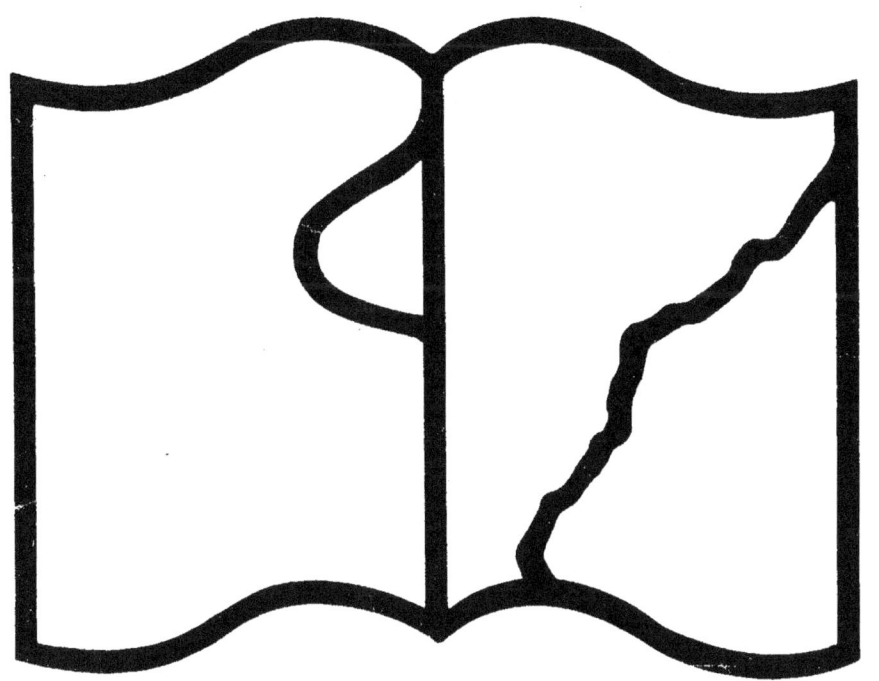

Texte détérioré — reliure défectueuse

NF Z 43-120-11

Contraste insuffisant

NF Z 43-120-14

www.ingramcontent.com/pod-product-compliance
Lightning Source LLC
Chambersburg PA
CBHW061435030726
47503CB00005B/1422